대한민국
소방관으로
산다는 것

세상이 멎는 순간 주어진 마지막 기회

대한민국 소방관으로 산다는 것

초판 1쇄 발행 2018년 8월 14일
4쇄 발행 2022년 8월 15일

저자 | 김상현
발행인 | 송경민
발행처 | 다독임북스
디자인 | 구지원
편집팀 | 이연지
등록 | 제 25100-2017-000042
주소 | 서울시 구로구 디지털로 33길 48
전화 | 02-6964-7660
팩스 | 0505-328-7637
이메일 | gamtoon@naver.com

ISBN | 979-11-964471-0-6

* 실제 현장 및 응급상황에서 사용되는 전문용어는
대부분 우리말로 바꾸어 적은 뒤 본래의 용어를 괄호 안에 함께 표기하였습니다.

대한민국
소방관으로
산다는 것

김상현 지음

세상이 멎는 순간 주어진 마지막 기회

다독임북스

"소방서에선 대체 무슨 일을 해?"

주변 사람들이 제게 묻곤 합니다. 저 역시도 소방서에 들어오기 전엔 아무것도 몰랐습니다. 심지어 소방관이 공무원이라는 사실도 시험을 준비하면서 알게 되었습니다. 직접 마주한 소방서는 기존의 이미지와는 많이 달랐습니다. 소방관은 불만 끄는 줄 알았는데, 화재 출동은 의외로 그 비중이 가장 적었고 구조구급 출동이 압도적으로 잦았습니다.

무엇보다도 소방관에 대한 대우가 피부 깊이 와닿았습니다. 한국인이 존경하고 신뢰하는 직업 1위라는 영예를 얻었지만, 현실은 직업만족도 최하위의 아픔을 가진 직업이었습니다. 1명의 소방관이 무려 1,341명의 시민을 담당해야 하고, 빠듯한 교대조로 인해 밤낮 가릴 것 없이 출동에 임해야 합니다. 공무원이긴 해도 높은 위험성으로 기피되는 직업군이며, 실제로 임용 5년 내 이직률이 20%에 육박합니다.

이런 일은 소방관 아니면 진짜 누가 하나 싶을 정도로 고된 출동의 연속에도, 포기하지 않는 모습이 아름다웠습니다. 세상이 그들을 잊어도, 그들은 영원한 소방관일 것이라 생각했습니다. 그동안 소방관의 강인함을 당연히 여겨온 제 자신이 부끄러워졌고, '대한민국 소방관으로 산다는 것'이 어떠한지 세상에 알리고 싶었습니다.

그 마음을 카카오 '브런치'에 일기로 쓰기 시작했습니다. 많은 분들의 응원에 힘입어, 업로드 3개월 만에 브런치북 프로젝트 금상을 수상하였습니다. 출판사 제의를 수용하는 과정에서 다소 과장된 부분은 있으나, 대부분 구급차와 진압차를 타며 실제 겪은 일을 기반으로 작성하였습니다. 출판 소식을 소속 소방서와 119안전센터에 전하니 여기저기서 직접 찍은 사진을 기증해주셨습니다.

끝으로, 만 21세 새내기의 무모한 도전을 격려해주신 조종묵 소방청장님, 소방청 소방행정과, 그리고 소방서 직원 분들께 감사의 말씀을 드립니다.

목차

소개하는 글 · 4

가을

1. 익수 – 하늘 · 9
2. 실신 – 낙엽 · 14
3. 교통사고 – 히어로 · 19
4. 의식 확인 – 사랑 · 24
5. 주택화재 – 젊음 · 28
6. 자해 – 이직 · 34
7. E/V사고 – 민원 · 38
8. 주취자 – 소울푸드 · 42
9. 화재 사고 – 친구 · 46
10. PTSD – 11월 9일 · 52

겨울

11. 자살 기도 – 존엄 · 57
12. 산부 – 바람 · 62
13. 차량 침수 – 존경 · 66
14. 데이트폭력 – 심연 · 71
15. 선박화재 – 지휘 · 75
16. 저혈당 – 다이어트 · 82
17. 위치 확인 – 한파 · 85
18. 목맴 – 대설 · 89
19. 투신 – 효 · 94
20. 산불 – 지원 · 98

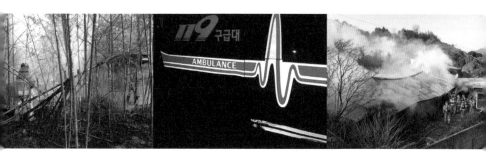

봄

21. 과호흡 – 숨을 쉬다 · 103

22. 행정 – 침묵 · 107

23. 임부 – 벚꽃 · 111

24. 동물 구조 – 권리 · 115

25. 약물 중독 – 잘못 · 120

26. 화재 감식(上) – 추측 · 124

27. 화재 감식(下) – 판단 · 130

28. 정신질환 – 감기 · 136

29. 산악구조 – 한결 · 139

30. 심정지 – 자책 · 144

여름

31. 벌집 제거 – 신중 · 151

32. 경련 – 냉철함 · 155

33. 공단 화재 – 커피 · 159

34. 기타 화재 – 봉사 · 164

35. 동물 포획 – 유기 · 170

36. 학교폭력 – 의지 · 174

37. 아파트화재 – 비 · 178

38. 자연재해 – 기도 · 183

39. 개방성 골절 – 회복 · 187

40. 마무리 – 감사 · 191

작가의 말 · 194

참고문헌 · 196

가을

1

익수
하늘

이번 여름은 유난히 더웠다. 소방서 뒤뜰에 심어 놓은 팬지와 제라늄은 떡잎이 떨어지기도 전에 말라비틀어졌다. 자비 없는 태양은 팔뚝에 여름을 선명히 새기고 수그러들고 있었다. 열기가 채 가시지 못한 9월 중순, 가을의 문턱에서 그 신고 전화를 받았다.

'초등학생 여자아이. 물에 빠짐. 두 명'. 익수 신고는 소방서에서 상당히 중요한 사건으로 꼽힌다. 사망률이 높고, 생존하더라도 예후가 좋지 않기 때문이다. 구명환과 구명조끼를 챙겨 구급차에 올라탔다. 차 안의 뜨거운 공기 탓에 호흡은 더 빨라졌다. 사이렌을 울리고, 상황 파악을 위해 최초 신고자에게 전화를 걸었다. 예상보다 더 어린 남자아이의 목소리가 들려왔다. '요트 경기장'. 문제가 하나 생겼다. 지난번 수상안전교육을 기억해 보면 구급차는 경기장의 주차장을 통과해야 한다. 하지만 주말의 주차장은 안전바에 의해 막혀 있어 열쇠가 꼭 필요했다. 사무실에 가서 미리 열쇠를 받아와 달라는 부탁을 했지만, 당황한 아이는 말이 없었다. 콧대 높은 가을 하늘은 몇 안 되는 기회조차 빼앗아 가고 있었다.

7분. 심정지 골든타임이라 불리는 4분보다 약간 더 걸렸다. 현장에 도착한 순간, 사무실에서 어르신이 달려와 안전바를 올려 주셨다. 환자의 위치를 묻자, 손가락으로 선착장 쪽을 가리키셨다. 모퉁이를 돌자 모여 있는 사람들이 보였다. 신고자로 보이는 남자아이도 있었다. 구급차의 사이렌 소리를 들은 사람들은 일제히 좌우로 갈라섰고, 그 사이에 진회색의 서핑 슈트를 입은 갈색 머리의 여자가 보였다. 규칙적으로 오르내리는 어깨. 심정지⁽arrest⁾ 환자가 발생했음을 직감했다. 요트의 하얀 깃발은 바닷바람에 맞아 기분 나쁜 소리를 내며 펄럭이고 있었다.

브레이크도 올리지 못한 채, 제세동기⁽AED⁾를 챙겨 신속히 달려갔다. 다행히 두 여아 모두 물에서 건져졌고, 현장에 다른 위험요소는 없었다. 가슴 압박을 하던 여성은 부모라고 보기엔 상당히 젊었다. 남자 친구로 보이는 남성은 그녀의 젖은 머리를 묶어 주고 있었다. 동료 대원이 패드를 붙이는 동안, 다른 환아를 살펴보러 갔다. 벽에 기대어 앉은 아이는 의식과 산소포화도⁽SpO₂⁾ 모두 괜찮았다. 외상 확인을 위해 머리와 사지를 눌렀을 때 아이가 떨고 있음⁽chilling⁾을 느꼈다. 이 뜨거운 태양도 아이의 놀란 가슴을 녹이지 못했다. 아이의 멍한 눈은 내가 아닌 내 어깨너머를 궁금해하고 있었다. 다행히 저체온증을 제외한 별다른 문제는 보이지 않았다. 추가 구급대가 오기 전까지 사람들에게 담요를 부탁하고 나는 아이의 시선이 향한 곳으로 돌아갔다.

한 주기를 마친 대원을 뒤이어 가슴 압박을 했다. 대원은 현장에서 얻은 정보를 전해 주었다. '물가에서 놀다가 익수. 남자아이의 비명소리를 듣고 근처에서 서핑보드를 타던 여인이 건짐. 의식과 호흡 모두 없어 직접 가슴 압박 실시.' 인공호흡을 섞지 않은 점만 빼면 거의 완벽에 가까운 응급처치였다. 녹초가 된 그녀는 슈트 지퍼를 내린 채 주저앉아 있었다. 아까 봤던 아이의 눈보다 더 탁한 표정이었다. 제세동기가 분석을 마치고 눈치 없이 맑은 목소리를 내서 정신이 번쩍 들었다.

"전기 충격 치료가 필요하지 않습니다."

갑자기 그녀가 눈물을 흘리며 땅을 두어 번 내리쳤다. 사실 동료와 나는 이미 알고 있었다. 패드를 부착한 직후에 보인 곧은 직선. 무수축^(asystole). 그 어떠한 세동도 없었다. 상황을 잘 모르는 주변 사람들은 심폐소생술^(CPR)을 하는 우리를 응원했다. 들이치는 파도가 우리의 무력함을 약 올렸다. 저 넓은 바다는 혼자서도 규칙적으로 잘 움직이는데, 이 작은 심장조차 뛰게 하지 못한다니. 뛰는 바닷물에 바짓단이 젖어갔지만, 아무런 저항도 할 수 없었다.

들것에 여아를 올리고 구급차가 달리는 동안에도, 가슴 압박과 산소공급은 멈추지 않았다. 아까 땅을 내리치던 그녀의 탄식이 머릿속을 떠나지 않았다. 가슴 압박 깊이나 위치를 보아 전문 의료인은 아닌 것 같았고, 구급차 동승을 거부한 것을 보니 보호자도 아니었다. 그토록 안타까워하던 그녀를 이해하기 어려웠다. 응급실^(ER) 이송과 인계를 마무리하고, 보호자를 만났다. 입술이 파랗던 소녀보다 손을 더 떨고 있었다. 진정시키고 격려하는 일은 구급차를 타며 수도 없이 해왔다. 장비를 정리하고 구급차의 뒷문을 닫고 돌아서자 갈색 머리의 그녀가 서 있었다. 일상복으로 갈아입었으나, 엉겨 붙은 머리와 얼굴의 소금기로 보아 급히 차를 몰고 찾아온 것같다. 감사의 말을 전하려는 순간, 쓴 미소를 내비치며 그녀가 물었다.

"별일 없었죠?"

그녀는 별일이 있었기를 간절히 바라는 목소리였다. 하지만 그날 역시, 극히 평범한 어느 가을날에 불과했다. 바람은 여전히 서늘하고, 하늘은 여전히 높은 그런 가을날. 기적은 일어나지 않았다.

그날 갈색 머리의 그녀와 병원 벤치에 앉아 가을의 바람을 맞았다. 그녀가 먼저 말을 꺼냈다. 2년 전에 자신도 딸을 잃었다고. 바닷가에서. 아무것도 못했던 자신이 너무나 미웠다고. 그 이후로 꾸준히 연습했다고. 비록별일은 없었지만, 이젠 하늘 높이 뜬 딸에게 말할 수 있다고.

"딸. 엄마 최선을 다했어. 그러니 다음번엔 네가 꼭 도와줘."

익수-하늘
· 골든타임은 사고 발생 후 치료가 이루어져야 하는 최소한의 시간을 의미합니다.
· 다수의 환자 발생 시, 중증도에 따라 치료 및 이송 순서가 달라집니다.
· 익수 환자의 젖은 피복을 제거하고 마른 피복을 덮어주면 저체온증을 막는 데 도움이 됩니다.

2
실신
낙엽

소방서에도 어느덧 가을이 찾아왔다. 빗자루로 낙엽을 쓸고 있자면, 자연히 등이 따뜻해지는 걸 느낄 수 있다. 작년 이맘때에 소방서에 처음 배치받았다. 설렘 가득 안고 사무실에 첫발을 디뎠으나, 자리가 많이 비어 있었다. 소방서를 죽 둘러보려던 참에 식당에서 뛰쳐나오는 구조대원 분들이 보였다. 잡아 온 말벌로 술을 담그던 중, 한 직원이 벌에 쏘여 목이 퉁퉁 부은 것이다. 강렬한 첫인상이었다. '소방관들도 구급차에 실려 가는구나' 하고. 그날은 한시도 마음을 놓을 수 없었다. 언제쯤 첫 출동을 하게 될지 몰랐기에, 출동벨에 온 신경을 쏟았다.

오늘이 어제가 되는 시각, 자정. 대기실에서 자던 나를 구급대원이 깨웠다. '출동이다'. 피곤했던 탓인지 출동벨을 못 들은 것 같다. 반쯤 잠이 깬 상태로 구급차에 올라 출동지령서를 살폈다. 출혈(bleeding) 환자. 본인이 신고한 것 같았다. 신고해 줄 가족이 없는 경우 외엔, 스스로 신고를 하는 것은 매우 드물다. 환자의 출혈량이 어느 정도인지, 출혈의 원인은 무엇인지 미리 파악하기 위해 집 전화와 휴대전화 모두 걸어 보았지만 아무도 받지 않았다. 밤거리엔 사이렌 소리와 낙엽 구르는 소리만 가득했다.

현장으로 가는 길은 가로등 하나 없이 어두웠다. 사람이 과연 살까 의심이 들 정도로 허름한 아파트 하나가 나타났다. 다 불이 꺼져 있는데, 단 한 곳에서 커튼 사이로 불빛이 새 나오고 있었다. 계단을 오르며 붙잡은 난간엔 먼지가 수북했고, 복도의 조명은 깨진 지 오래였다. 벨을 눌렀지만 문은 열리지 않았다. 웅얼거리는 소리만 들릴 뿐 내부 상황은 전혀 예측할 수 없었다. 우유 투입구로 대화를 시도하려는 순간, 벌컥 문이 열렸다.

술 냄새. 그리고 그보다 더 진한 피비린내가 우리를 반겼다. 인상을 펴고 고개를 들자 퀭한 눈으로 우리를 내려다보고 있는 청년이 보였다. 약간 말랐지만 팔뚝이 굵고 키가 매우 컸다. 그가 앞으로 비틀거리자, 나는 자연스레 한 걸음 뒤로 물러났다. 약간 뭉개지고 흉터 난 귀를 보아하니, 주먹을 쓰던 사람인 것 같다. 그의 머리에는 피가 반쯤 굳어 덜렁거렸고, 바닥은 온통 피투성이였다. 나를 종일 옥죄었던 긴장이 이젠 두려움으로 바뀌어, 입술을 바짝 마르게 했다. 그는 지혈이 필요해 보였다. 구급가방을 들고 집 안에 첫발을 디디려던 순간 그가 입을 뗐다.

"들어오지 마."

외모와 달리 높고 명확한 목소리는 우릴 얼어붙게 했다. 그는 단 한마디만 말했을 뿐이고, 손에 흉기를 든 것도 아니었다. 눈빛만으로 건장한 청년 둘을 위협했다. 경찰의 지원이 필요할 것 같다는 느낌을 받았다. 크게 호흡을 가다듬고 구급대임을 다시 한번 밝히고, 그에게 치료의 필요성을 주장했다. 들어가게 해달라고 몸 낮추어 부탁했다. 그러자 그는 벽에 한 손을 짚으며 나지막이 말했다.

15

"한 명씩 들어와."

취해 비틀거리던 사람이 맞는지 의심될 정도로 명확한 톤이었다. 나는 잘못 파악하고 있다는 생각이 들었다. 요구급자는 지금 내 앞에 서 있는 이 남자가 아닌, 그 너머의 다른 사람일 수도 있겠다는 생각이 들었다. 경찰 지원 요청을 위해 주머니에 손을 넣은 후에야, 무전기를 구급차에 두고 왔음을 깨달았다. 순간 그와 눈이 마주쳤다. 내가 당황하고 있음을 알아챘을 것이다. 머릿속이 하얘졌다. 몇 주간 받은 소방기초교육에서도, 몇 달간 공부한 응급구조대응 매뉴얼에서도, 지금의 이 상황을 헤쳐나갈 방법을 알려주지 않았다. 정적이 흘렀다. 벌에 쏘여 목이 퉁퉁 부은 것처럼, 숨을 쉬기 힘들었다. 나는 바람에 낙엽 지듯, 쓰러지고 말았다.

기억나는 건 여기까지뿐이다. 어지러워 쓰러진 그 이후의 기억은 없었고, 눈을 떴을 땐 응급실 베드에 누워있었다. 다행히 넘어지는 순간 구급대원이 잘 잡아주어 별다른 외상은 입지 않았고, 곧바로 퇴원했다. 아직도 출동 나갈 때마다, 기절하지 말라고 놀리는 선배들이 있다. 구급대원의 말을 빌리자면 그날 현장에는 그 외엔 아무도 없었다고 한다. 스스로 벽에 머리를 박은 자해 사건이었고, 바닥에 고인 피 역시 모두 그의 것이었다. 경찰과 몸싸움을 벌이고 제압당한 뒤 그는 이렇게 말했다고 한다.

"뭐하냐 119… 골든타임 좀 지켜. 기다렸잖아…. 피 굳기 전에 왔어야지."

실신-낙엽 ───────────────────────────────

·출혈 부위를 높이 올리고 깨끗한 천으로 압박해주면 지혈에 도움이 됩니다.

·억지로 상처 부위의 이물질을 제거하거나 무리하게 세척하는 것은 위험할 수 있습니다.

·실신은 부적절한 뇌혈류 공급으로 인한 일시적 의식 소실로, 복부 불편감, 흐릿한 시야, 어지럼
 증 같은 전조증상이 나타나면 자리에 앉아 안정을 취해야 합니다.

3
교통사고
히어로

이른 아침, 중형 펌프차를 타고 소방서 인근 초등학교로 향했다. 운동장 벤치에 앉아 소방차를 그리고 놀던 게 엊그제 같은데, 이젠 졸업생 신분으로 등교하고 있다. 모교 앞 풍경은 여전했다. 문방구엔 알림장을 들고 뒤늦게 준비물을 사려는 아이들이 가득했다. 운동장 한가운데에 소방차를 대고 구령대에 올랐다. 그토록 넓게 느껴지던 운동장이 이제 와서 보니 귀여울 정도로 작다. 방수포로 물을 뿌려주자 몇몇 아이들이 그림을 그리다 말고 내게 다가왔다. 사인을 해달라며 자기가 그린 소방차 그림을 내민다. 어린 시절의 나에게 소방관은 파워레인저처럼 히어로 같은 존재였다. 평소에는 잘 내지 않는 호탕한 웃음소리와 함께 흔쾌히 종이를 받아 든다.

"고맙습니다, 소방관 아저씨."

소방관 아저씨. 아저씨. 뭐? 아저씨? 스물하나인데 벌써 아저씨 소리를 듣다니. 아직까지도 종종 민증 검사를 받는데, 아저씨라는 호칭은 너무하다는 생각이 들었다. 소방차에 올라타자 우울한 마음이 커졌다. 어른이라는 단어는 언제 들어도 어색하다. 아이들이 바라봤던 모습과는 달리, 나는 언제까지나 아이로 남아 막중한 책임을 피하고 싶다. 상사의 폭언을 받아낼 자신도 없고, 멋진 부모가 될 자신도 없다.

초등학교 앞 삼거리를 통과하면서 몇 달 전에 여기서 발생한 교통사고^(TA)가 생각났다. 흰색 소나타가 좌회전 신호를 받아 천천히 진행하던 중, 반대편의 검은색 택시가 신호를 무시하고 직진해 충돌하고 말았다. 소나타엔 하굣길의 아들과 엄마가 타고 있었고, 택시에 손님은 없었다. 택시 운전자는 인도에 걸터앉아 머리를 움켜쥐고 있었다. 음주운전이었던 터라 대답을 제대로 하지 못했지만, 외상은 크지 않았다. 아이는 먼저 도착했던 구조대에 의해 안전하게 빠져나와 문방구 주인의 품에 안겨 있었다. 문제는 아이의 엄마였다. 쓰러진 횡단보도의 흰 무늬는 피로 붉게 얼룩졌다. 머리와 등이 크게 찢어졌고, 얼굴엔 미세한 유리 파편들이 박혀 있었다. 우선 뇌와 몸을 연결하는 척수를 보호하기 위해 경추를 고정시켜야 했다. 경추보호대^(C-collar)를 대며 외상을 확인했다. 발바닥을 꼬집으며 통증이 느껴지냐고 묻자, 고개를 끄덕이고는 눈물 고인 눈으로 나를 바라보며 물었다.

"영준이, 우리 영준이 어딨어요?"

이마가 1cm가량 찢어진 것만 빼면 아이는 건강했다. '걱정 안 하셔도 된다. 본인이 훨씬 위험하다.'라고 말을 건네도 엄마는 애타게 아이를 찾았다. 척추고정장치^(KED)를 댄 후에야 환자를 들것에 올릴 수 있었다. 아이는 피범벅이 된 엄마를 보자마자 울음을 터뜨렸다. 고개를 돌릴 수 없는 상황에서도, 환자는 아이의 목소리가 들리는 곳으로 눈을 굴렸다. 안심하는 듯한 표정이었다. 엄마는 출혈이 많았기에 정맥주사[IV]를 맞아야 했다. 아이를 먼저 병원에 이송하기 위해 다른 구급차로 옮겨 태우자마자, 엄마는 과출혈 쇼크 징후를 보이며 그제야 정신을 잃었다.

오가는 차에 주의하며 삼거리를 천천히 통과한다. 소방서로 복귀하는 길에, 그 모자의 예후가 어땠는지 궁금해졌다. 응급실 간호사에게 물어본 결과, 엄마의 상태는 빠르게 호전되었고 한 달 전에 퇴원했다고 한다. 의식이 회복된 직후 그녀는 가장 먼저 아들의 상태를 물었다. 강한 책임. 그녀의 책임감에 비해 내 책임감은 너무나 초라했다. 소방복을 감히 내가 입어도 되는지 부끄러웠다. 아이들에게 고맙다는 인사를 받을 자격이 있는지 회의감이 들었다. 진정한 히어로는 악당을 물리치는 파워레인저가 아니라, 그들을 책임지고 뒷바라지하는 박사님일지 모른다.

가슴이 먹먹해져 부모님께 전화를 돌렸다. 부끄러워 하지 못했던 말을 전했다. '항상 고맙습니다.' 낚시를 좋아하시는 아버지와 배를 타고 가끔 바다에 가는데, 구명조끼 하나 없는 배가 마음에 걸렸다. 추석 선물이라는 핑계로 아버지께 선물해 드렸다. 부끄러움은 아직도 떨쳐내지 못했지만, 오랜만에 아버지의 미소를 보니 기분이 좋았다. 구명조끼에 크게 내 사인을 해 주었다. 이 사람 내 거라고. 끝까지 내가 책임지겠다고, 가장 잘 보이는 곳에 사인했다.

교통사고-히어로

· 교통사고 발생 시 차 트렁크를 열거나 비상등을 작동하여, 2차 사고를 방지해야 합니다.
· 현장에서는 화기 사용이 엄금되며, 가연물은 동력절단기의 불똥으로부터 안전거리를 유지해야 합니다.
· 사고차량으로부터의 무리한 자력 탈출은 경추 손상을 초래할 수 있으며, 신경마비로 이어질 수 도 있습니다.

4
의식 확인
사랑

10월 즈음이면 어김없이 실시간 검색어에 오르는 단어가 있다. 대학 원서 접수 사이트. 수시전형 결과가 하나둘 나오기 시작한다. 고3 자녀를 둔 소방관들은 사무실에 앉아 출동 대기하는 내내 아들딸의 전화만을 기다린다. 서울대 출신이라는 이유 하나로, 나는 소방관들의 자녀 입시 상담 요청을 종종 받는다. '어떤 전형이 좋을지', '자기소개서는 어떻게 써야 좋을지', 심지어 '네 살짜리 아들에게 영어 조기교육을 하는 것에 대해 어떻게 생각하는지'라는 어려운 질문도 받았다. 단연 가장 많이 나오는 질문은 '어떻게 하면 공부를 잘하는지'이다. 과연 누가 이 질문에 명확히 답할 수 있을까. 나는 공부를 잘했다기보다는 멋진 선생님들을 만났고, 운이 좋았다. 이런 내 대답을 들으면 자기 아들딸은 노는 걸 너무 좋아한다며 걱정 가득한 표정을 보인다.

나 역시 독서실에 앉아 공부하기보다는 바람 쐬면서 노래 듣는 것을 좋아했다. 그럼에도 참고 책을 넘겼던 이유는, 배운 것을 써먹을 때가 즐거웠기 때문이다. 힘을 덜 쓰려 나보다 키 작은 동료와 책상을 옮길 때 새어

나오는 웃음. 엑셀로 자료를 정리해 무슨 요일에 출동이 많은지를 분석해 휴가 신청할 때의 희열. 존경하는 선배가 좋아한다던 커피를 기억했다가 사드릴 때 보이는 미소. 얻는 이득 자체는 작을지라도 배움이 주는 웃음은 오랫동안 마음에 남기 때문이다.

미분, 적분 배워서 어디다 써먹냐고 내 과외 학생들이 물을 때에도 똑같이 대답해줬다. 알고 나면 세상이 다르게 보인다. 그렇게 욕해 댔던 도로명주소도 소방서에 와서 공부하고 나니, 정말 고마운 존재임을 깨달았다. 1분 1초가 급한 상황에서 도로명주소의 숨은 규칙을 활용하면 몇 미터 더 가야 현장에 도착할지도 알 수 있다. 일반인은 전혀 써먹을 것 같지 않은 심폐소생술도 활용할 기회가 분명 찾아올 것이다. 대학에서 심폐소생술 교육을 받을 때는 지루하고 의무적인 교육에 불과했지만, 현장 도착 시 전에 배운 심폐소생술을 하고 있는 사람들을 보면 그렇게 고마울 수가 없다.

심폐소생술. 물론 어렵긴 하다. 처음 심폐소생술 교육을 받을 때 나는 '의식 확인'이라는 것이 가장 어려웠다. '어깨를 두드리며 괜찮냐고 물어보기'. 술 취한 내 친구 역시 흔들어도 대답을 하지 않지만, 다음 날 멀쩡하다. 언제나 그렇듯 답은 배움을 통해서 얻게 된다. AVPU 척도라는 의식 확인 과정이 있다. 첫 단계인 명료(Alert)는 환자와 대화가 충분히 가능한 단계이다. 좀 더 의식이 흐릿해지면 두 번째인 언어 반응(Verbal) 상태가 된다. 묻는 질문에 답을 하긴 하지만, 횡설수설하고 눈을 잘 못 뜨게 된다. 세 번째 단계는 통증 반응(Painful)으로 마치 깊은 잠을 자는 사람처럼 보인다. 질문에 답을 하지 않고, 통증(가슴팍을 주먹으로 문지른다)을 줄 때 몸을 살짝 움직인다. 술에 취해 쓰러지는 내 친구들도 이 단계에 있었나 보다. 마지막은 무반응(Unresponsive)으로 자극에도 반응이 없으며, 맥박과 호흡이 없는 심정지 상황이 대부분 이에 속한다. 혹시나 쓰러진 사람을 발견하고 119에 신고할 경우엔, 당황하지 말고 의식을 확인해주면 된다. 오늘의 작은 배움 하나가 많은 시간을 절약할 수 있다.

자기소개서 단골 질문 중 하나가 자신의 경험과 그로 인해 배운 점을 쓰는 것임을 보면, 배움이 얼마나 중요한지 알 수 있다. 고등학생 때 풀었던 연세대학교 입시 논술 문제가 생각난다. 평행선을 주제로 자신이 배운 것을 적용해 자유로운 글을 쓰는 문제였다. 내 주제는 '평행선과 사랑'이었다. '평행선과 사랑 모두 같은 곳을 보고 걷는다. 가깝지도 멀지도 않은 거리를 유지하며 평(平)생동안 행(行)보를 함께하는 선(線)한 관계.'

26

좋아하는 사람이 마음 한편에 자리 잡았던 때, 그때 적은 답안이 자꾸 머릿속에 밟혔다. 그 사람을 평행선처럼 곧게 좋아하고 있는지 의문이 들었기 때문이다. 명료한 A도 아니고, 횡설수설한 V도 아닌 어중간한 위치에 있다고 생각했다. 하지만 확신했다. 그 사람에게 어떤 말을 적어줄지 고민하고, 준비하는 시간이 너무도 행복했다. 합격 여부를 기다리는 아이처럼 어느 순간부터 연락을 기다리기 시작했고, 어떻게 답장을 보내면 좋을지 친구에게 상담 요청을 하고 있는 나 자신을 발견했다. 아직 사랑은 물론, 사람에 대해서도 무지한 나다. 하지만 언제나 그렇듯 배움을 통해서 답을 얻을 것이다.

의식 확인-사랑 ―――――――――――――――――――――――――――――――――――

·119 신고 시, 주소, 증상, 의식과 호흡을 꼭 말해 주셔야 하며, 전화를 끊지 말고 침착하게 의료 지도를 받으면 됩니다.

·의식을 확인하기 위해 뺨을 때리는 것은 두부 손상을 초래할 수 있습니다.

·환자에게 접근하는 것보다 중요한 것은 본인의 안전을 확보하는 것입니다.

5

주택화재

젊음

날씨도 풀렸겠다 소방서 일을 잠시 잊으려 휴가를 나왔다. 대부분의 휴가가 그렇듯 막상 나오면 할 일이 눈에 들어오지 않는다. TV 앞에 앉아 멍하니 채널을 돌리면서 늦은 아침을 먹는 것으로 휴가를 시작한다. 예능 프로의 출연자들이 미션을 받은 듯 서울 방방곡곡을 누비며 인증샷을 찍고 있다. 밥을 다 먹을 즈음에야 공개된 미션의 정체는 나를 움직였다. 출연자들이 사진을 찍은 곳은 각자의 부모님이 수십 년 전에 사진을 찍은 곳이었다.

이불을 개 놓고 온 집안을 뒤져 옛 앨범을 찾았다. 설렘을 안고 표지를 넘기자 아무렇게나 끼어있던 필름들이 우수수 떨어졌다. 사진 한쪽 귀퉁이에 박힌 노란 디지털 숫자들을 보니 내가 태어나기도 전의 것임을 알 수 있었다. 어색했다. 얼굴은 그대로인데 한껏 앳된 모습의 부모님. 나에게는 어색하고 신기한 사진이지만, 부모님에게는 소중한 사진일 것이다.

소방서에 막 배치받은 새내기였던 나에겐 잡일 외엔 할 수 있는 일이 몇 안 되었다. 직원들과 같은 옷을 입지만, 구급차를 타기까지는 보름이라는 시간이 걸렸다. 화재 출동 시에는 구급차가 아닌 물탱크차에 따라 타서 소방호스를 펴고 접는 심부름만 했다. 뭐라도 해야겠다는 마음으로 아침 종이 울리면 가장 먼저 일어나 소방서 차고 앞마당을 쓸었다. 한 겨울이었던 터라 아침 7시였음에도 어둑어둑했다. 지난밤 동안 쌓인 눈 덕에 새벽 공기는 포근한 느낌을 주었다. 정리하고 들어올 즈음 출동벨이 울리자, 어김없이 물탱크차 조수석에 앉아 화재 현장으로 향했다.

오들오들 떨고 있는 몸과 달리, 머리는 동트는 붉은 거리를 보며 따뜻해하고 있었다. 부상자 없이 안전하길 바라며 모자를 고쳐 썼다. 핸들을 잡은 선배는 벌써부터 인상을 쓰고 있었다. 새벽부터 누가 또 불장난을 했냐느니, 물탱크차는 안 나가도 될 것 같다느니. 매번 그랬듯 어색한 웃음을 지으며 동의를 표했다. 그러고는 현장 도착하면 안전에 유의하라며 내게 꾸중 아닌 꾸중을 하셨다. 말은 거칠어도 소방서에서 가장 열심히 움직이는 사람이다. 기온 탓인지 아니면 아직 덜 마른 탓인지, 장갑이 매우 차가웠다. 호스를 연결하며 차디찬 물에 젖을 생각을 하니 한기가 느껴졌다.

날리는 재와 눈이 서로 엉겨 흩날리는 몽환적인 풍경이 펼쳐졌다. 선배의 말이 맞았다. 불길이 보일 정도라 신속한 진화가 중요하긴 하지만, 물탱크차까지 올 정도로 큰불은 아니었다. 차에서 내리니 탄 냄새가 코를 찔렀다. 주택화재 출동에서 가장 우선시되는 것은 인명 구조이다. 구조대의 주도하에 탐색이 시작되었고, 다른 진압 요원은 지휘관의 전술에 따랐다. 불이 옮겨붙지 않게 하기 위해 거실부터 시작해, 불이 시작된 곳으로 추정되는 보일러실까지 차례대로 공략하는 것 같았다. 천장을 부숴야 한다는 얘기를 듣고 펌프차에 파쇄기를 가지러 갔다. 언제 떴는지 모를 해 때문에 눈이 부셨다.

현장에 돌아와 보니 구조대원이 노인 남성 한 분을 데리고 나왔다. 할아버지는 연발 기침을 해댔다. 코털과 눈썹이 갈색으로 그을린 것을 보니 연기를 많이 흡입한 것 같았다. 미리 준비된 간이 산소통에 연결해 비재호흡 마스크(non-rebreathing mask)를 씌워드렸다. 산소포화도가 아직 정상 범위에 있는 것으로 보아 연기에 노출된 시간 자체는 그리 길지 않았던 것 같다. 짧은 시간 동안 많은 양의 연기를 흡입하는 경우는 매우 드물다. 폭발 현장이거나 문을 벌컥 연 진압대원이 아닌 이상, 설명하기 어려운 상황이었다.

정신을 차린 할아버지는 구급대원의 처치에는 관심 없다는 듯 마스크를 벗어 던졌다. 활활 타오르는 집으로 뛰어 들어가려는 할아버지를 겨우 진정시켰다. 요구조자가 더 있는지 물었으나 아무도 없다고 했다. 할아버지는 '사진을 가지고 오라'고 소리치셨다. 이제야 환자의 상태가 이해되었다. 할아버지는 화재 현장의 문을 정말 열었던 것이다. 친구들끼리 우스갯소리로 주고받던 질문 하나가 떠올랐다.

'집에 불나면 어떤 물건을 가져오고 싶냐?'

통장을 가져온다는 사람도 있고, 반지를 가져온다는 사람도 있을 것이다. 나는 아마 일기장을 가져올 것 같다. 루브르 박물관에 불이 난다면 어떤 작품을 가지고 나오겠냐는 우문에, 프랑스 작가 베르네는 출구에서 가장 가까운 작품을 택하겠다는 현답을 내놓았다. 그만큼 화재 현장에 다시 들어가는 행동은 무모하다는 뜻이다. 그것을 직접 행한 환자를 마주하고 있음에 놀라웠다.

앨범은 화재가 완전히 진압된 후에야 찾을 수 있었다. 할아버지가 열었던 문 너머의 책장에서 발견되었다. 예상했던 대로 앨범은 녹아서 떼어 내기 힘들 정도로 붙어버렸고, 사진 역시 분간하기 어려웠다. 그쯤 되니 사진의 정체가 궁금했다. 대체 무슨 사진이길래 목숨을 걸 정도로 소중해하시는지 알고 싶었다. 검게 탄 사진을 보고도 행복해하시는 할아버지에게 양해를 구하고 앨범을 구경했다. 아들뻘로 보이는 남자의 사진이었다. 자식 사랑 이길 것 없다는 말이 생각났다. '아드님이 참 잘생겼네요'라고 위로의 말을 건네자 '나야'라는 한마디로 답하셨다.

사람들은 저마다 소중히 여기는 가치가 다르다. 누구는 돈을, 누구는 명예를 좇아간다. 그에 따라 살아가는 방향이 달라지고, 살아가는 모습이 달라진다. 반면 누구든지 소중히 여기는 보편적인 가치도 있다. 젊음이 그런 것 아닐까 하는 생각이 들었다. 그땐 그랬지 하며 부모님들이 회상하는 과거도, 너무 힘들어 쉬고 싶어 하는 젊은 나의 현재도, 얼른 어른이 되어 편히 숨 쉬고 싶어 하는 학생들의 미래도, 모두 같은 곳을 가리키고 있다.

휴가 마지막 날에 스캔한 앨범 사진을 부모님께 전송해드렸다. 요즘엔 이런 것도 되냐며 정말 기뻐하셨다. 이젠 색 바랠 걱정 안 해도 되겠다고 고마워하셨다. 그땐 그 말씀이 형식적인 감사의 표현이라고 생각했다. 며칠이 지난 지금도 프로필 사진이 내가 준 사진임을 보면, 젊음이 얼마나 영향력 있는 순간인지 느껴진다. 그리고 지금 그 순간을 지내고 있음을, 지나 보내고 있었음을 다시 한번 느낄 수 있었다.

주택 화재 - 젊음

· 화재 발생 시 난방연료를 신속하게 차단해주면, 연소 확대 방지에 큰 도움이 됩니다.
· 주변으로 불이 번져올 때엔 옮겨붙지 못하도록, 문과 창문을 닫고 집 주위에는 물을 뿌려 줍니다.
· 표준작전절차 (이하 SOP)에 따른 구조 우선순위는 어린이, 노인 및 장애인, 여자, 남자 순입니다.

6

자해

이직

소방서에 신규 직원 한 분이 들어오셨다. 구급대원이 추가될 자리가 없는데 어떻게 이곳에 배치됐는지 궁금했다. 당찬 목소리로 자신을 소개하고는 여기저기 돌아다니며 인사를 드렸다. 좀 전의 궁금증은 쉽게 해결되었다. 구급 분야가 아니라 심리 분야 경력 채용으로 들어오신 분이셨다.

심리 직원이 다른 층으로 인사 드리러 나가자, 직원들은 술렁이기 시작했다. '딸뻘 되는 애한테 상담받을 용기 있는 사람 있냐'부터 '누가 자기 치부 드러내고 싶어 하겠느냐', '불나면 중형펌프차를 타야 하는가, 그냥 남아서 사무실 지켜야 하나'까지. 다양한 출신의 인재를 뽑는 것은 좋았으나, 그 능력을 어떻게 활용할지에 대한 구체적인 방안이 없는 것이 문제였다.

우려와 달리 심리 직원분은 적극적인 활동을 펼쳤다. 발길이 끊긴 지 오래였던 심신안정실을 깔끔히 청소했고, 심리 상담용 설문조사도 실시했다. 귀찮아하는 직원들에게도 살갑게 다가가 기어이 상담지를 받아내는 적극성은 높이 살만했다. 심지어 자살 기도 출동 때에는 자신을 데려가 달라는 얘기도 했다. 구급차는 수용인원이 정해져 있기에, 정 따라가고 싶으면 사고 시 보험 안 되는 거 알고 타라고 했다. 충고는 들은 체도 않은 채, 말이 끝나자마자 고개를 끄덕이셨다.

허락 받은 지 사흘이 지나고서야 자살 기도 출동이 걸렸다. 독거노인인데 자신이 직접 칼로 그었다는 신고 내용이었다. 지령서에 나와 있지는 않았지만, 가난과 외로움에 손목을 긋고 고통스러워 신고한 것 같았다. 참고로 동맥^(artery)과 정맥^(vein)을 가장 쉽게 접할 수 있는 신체 부위가 손목이긴 하지만, 목숨을 끊기엔 턱도 없다. 생명에 지장을 줄 수 있는 동맥은 손목 깊숙이 숨어있을 뿐 아니라, 일반적인 칼로는 동맥에 상처 내기도 힘들다. 극한의 고통을 참아내며 동맥을 끊어야, 아니 뜯어내야 가능한 자살 방법이다.

언제 나갔는지 심리 직원 분은 벌써 구급차에 타 앉아 계셨다. 출동하면서 신고자와 통화하려 했지만 도통 받질 않았다. 직원분에게 현장에 가면 항상 조심해야 하고 무리하게 접근하지 말자고 신신당부했다. 현장에 가까워지자 열의에 차 있던 그녀의 눈은 조금씩 흔들리기 시작했다.

현장은 가히 충격적이었다. 할아버지 한 분이 변기를 끌어안고 화장실 바닥에 앉아있었다. 바닥은 물론이고 변기도 붉게 물들어 있었다. 칼로 그은 곳은 손목이 아니라 자신의 배였다. 칼이 지나간 길 사이로 피가 뿜어져 ^(active) 나오고 있었다. 파상풍도 우려되는 상황이었기에 IV^(정맥주사) 라인을 잡는 대로 신속히 이송해야 할 것 같았다. 그나마 다행인 건 힘이 부족했는지 자상^(puncture) 치고는 상처가 얕았다. 심리 직원은 정신이 반쯤 나간 상태로 서 있었다. 애원해서 온 거면 이리 와서 사진 좀 찍어 달라고 했다. 병원에 도착하면 바로 수술실^(OR)에 들어가야 하는 상황이었기 때문에, 미리 사진을 전송해줘야 했다.

정신없던 병원 이송이 끝나자 직원분이 찾아와 죄송하다는 말을 전했다. 우리는 손사래를 치며, 구급대원도 아니신데 어떻게 현장 처치를 할수 있겠냐고 말했다. 득이 됐으면 득이 됐지 절대 폐를 끼친 게 아니었다. 사진 보내고 의료지도 의사분께 전화 걸 손이 부족했던 우리에게 정말 큰도움이 되었다. 격려에도 불구하고 의기소침해진 직원분은 소방서에 도착하자마자 음료수를 사 들고 왔다. 이런 선물 받으면 김영란법에 걸린다는 농담을 던지고, 감사히 마셨다.

기존의 소방서 경력 채용은 구급과 구조, 그리고 운전 분야를 중점적으로 다루어왔다. 하지만 공단화재나 수난 구조와 같은 특수재난에 대한 소방력 강화 정책으로, 화학, 전기, 항해 등 경력 채용 분야가 다채로워지기 시작했다. 소방인력의 전문화라는 장점이 있긴 하지만, 구급과 구조 분야 소방력도 부족한 현 상황에선 시기상조라는 비판이 존재한다. 심리, 건축, 조경 등의 경력 채용 인재를 어떻게 활용할지에 대한 체계적인 방안이 마련되어야만, 20%라는 높은 이직률을 조금이라도 낮출 수 있지 않을까 싶다.

자해-이직 ———————————————————————————

· 경력 채용은 구급, 구조, 운전, 정보통신, 건축, 전기, 심리상담, 화학, 정비, 기관사, 언론공보, 조경, 법무, 회계, 항공조종, 체육, 화재조사, 외국어 등 다양한 분야의 인재를 모집하고 있습니다.
· 정맥은 바로 심장으로 들어가는 혈관이기 때문에 경구투여보다 더 빠른 약효를 내어 주사에 자주 사용됩니다.
· 응급구조사 및 간호사는 의료지도를 통해 환자 이송 중단, 약물 투여 등의 처치를 할 수 있습니다.

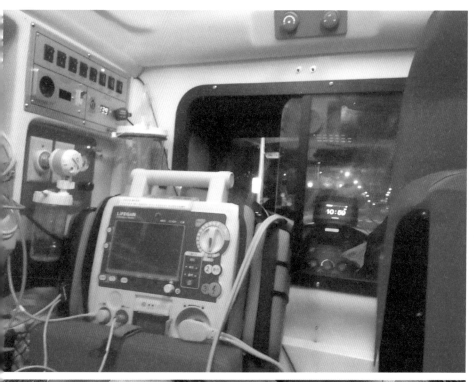

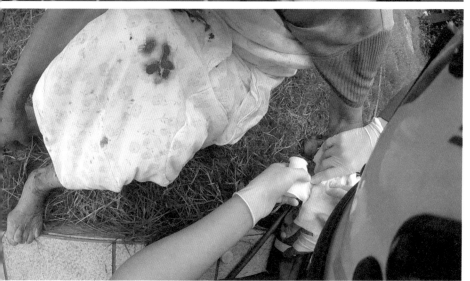

7

E/V사고
민원

관광산업이 활성화되면서 소방서 주변 공터에 호텔이 늘었다. 지역경제가 활성화되는 것은 좋지만, 건물이 높아지고 증축될수록 걱정이 된다. 연이은 참사에, 수학여행처럼 많은 학생이 묵게 되는 숙박업소는 안전검사를 받게 되었다. 학교에서 소방서로 수학여행 공문을 보내주어, 숙박 예정지에 전화해 점검 날짜를 잡았다. 평소에 장비 관리나 안전교육에 힘써 주시던 업소였는데, 괜히 추궁하는 것 같아서 미안했다. 건물 안전 기준이 더 강화되어서 예상에 없던 지출이 늘었을 텐데도, 앓는 소리 한마디 안 하셨다.

사실 점검에 협조해주기는커녕, 필터링 없이 그대로 말을 뱉는 사람들이 더 많다. 참사가 일어나 안전기준을 강화하면 소 잃고 외양간 고친다는 비판이 들려온다. 비판 감수하고 안전기준을 강화해 교육과 훈련을 늘리고 건축 안전 점검에 신경 쓰면, 멀쩡한 건물에 괜히 세금 낭비한다고 몰매를 맞는다.

하루도 빠짐없이 진행되는 장비 조작훈련 중 구조 출동벨이 울렸다. 점검하던 장비들을 부랴부랴 챙겨 구급차에 올라탔다. 호텔의 엘리베이터(E/V) 안에 사람이 갇혀 있다는 신고였다. 아래로 추락하거나 문에 사람이 낀 게 아닌 이상 E/V사고에서 구급대가 할 수 있는 행동은 제한된다. 다행히 단순 엘리베이터 문 고장으로 인해 수학여행 온 고등학생 5명과 선생님 1명이 갇혀 있는 상황이었다. 현장까지의 직선거리는 13km 정도로 상당히 먼 데다가 길이 험해 구급차가 제 속도를 내기 힘들었다. 그럼에도 최대한 신속히 현장으로 향했다.

출동부터 현장 도착까지 무려 다섯 번이나 신고자에게 전화가 걸려왔다. 선생님은 잔뜩 격앙된 높은 목소리로 대체 언제 오냐고 소리를 질렀다. 학생들의 보호자로서 침착함을 유지해주어야 한다고 부탁을 드렸지만 얻다 대고 명령하느냐고 대뜸 화를 내셨다. 끝없는 재촉에 위험을 감수하더라도 사이렌 소리를 더 키우고 신호를 뚫고 달렸다.

현장에 도착한 구조대는 엘리베이터 회사에 전화해 마스터키 위치를 알아내었다. 키를 돌리자마자 문이 열리고 선생님이 뛰쳐나왔다. 그리고는 주머니에서 휴대폰을 꺼내 우리에게 보였다. 스톱워치의 시간이 째깍째깍 흘러가고 있었다. 신고하고 12분이 지나서야 현장에 도착하는 게 말이 되냐고 목소리를 높였다. 맞다. 말도 안 된다. 신고 접수와 호텔 내부 진입까지 고려하면, 주행거리 18km 정도를 10분 만에 달린 꼴이다. 평균 시속 108km/h로 쉼 없이 10분간, 그것도 교통사고 위험을 무릅쓰고, 구불구불한 길을 요리조리 달려야 가능한 기록이었다.

골든타임 4분도 심정지 같은 응급환자의 이야기이지, 상황별로 골든타임은 각기 다르다. 조목조목 설명을 하자 선생님은 조용히 휴대폰을 집어넣었다. 그러고는 학생들이 얼마나 두려움에 떨고 있었는지 아냐고 쏘아붙였다. 그러나 학생들은 신기한 체험이라도 한 마냥 엘리베이터에서 찍은 동영상을 다른 친구들에게 자랑하러 가고 있었다. 당연히 병원 이송을 요구하는 학생은 한 명도 없었다. 당황한 선생님은 학생들을 따라 위층으로 올라갔다.

안타깝기는 우리도 마찬가지이다. 현재 소속된 119안전센터의 관할 지역이 너무 넓어 지역대를 하나 더 지어야 한다는 논의를 이전에 했었다. 하지만 주민들의 반대가 너무 거셌다. 사이렌 소리 때문에 집값 떨어진다고 소방서 건설을 반대하거나, 안 그래도 세금 갉아먹는 소방관들 일자리 더 늘려서 좋을 게 있냐는 주민도 있었다. 국민의 안전에 다가가는 게 이렇게 힘든 일인가 싶었다.

출동이 있은 후 며칠 뒤, 그 선생님은 민원을 제기했다. 민원 내용은 '119 대원들이 공무원치고 말투가 너무 예의 없었다'. 어이없어서 말이 안 나왔다. 정작 모욕받은 우리가 민원을 제기해도 모자란 상황이었는데. 별다른 반박도 하지 못한 채, 그날 출동대 전원은 민원인 응대 교육을 받았다. 모두들 고개 숙이는 데에 이미 익숙한 것 같아 마음이 아팠다.

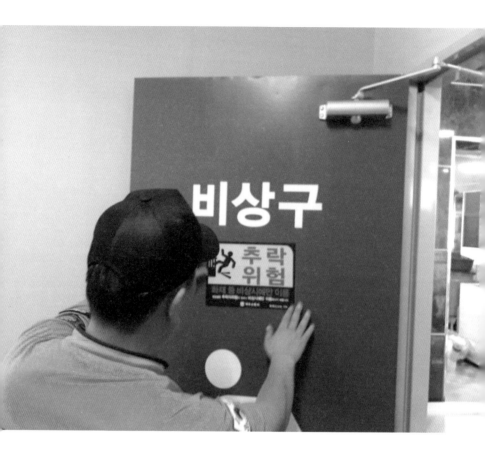

E/V 사고-민원 ————————————

· 구급차량은 통행량이 적은 곳에서는 제한속도에서 최대 20km/h까지 초과가 가능합니다.

· 골든타임은 심정지의 경우 4분, 중증외상은 1시간(골든아워), 절단 사고는 6시간으로 중증도에
  따라 달라집니다.

· 엘리베이터가 층과 층 사이에 걸쳐진 상태에서 문을 강제로 개방할 경우 추락의 위험이 있으니,
  비상 버튼을 누르고 침착하게 기다려 주시기 바랍니다.

8

주취자
소울푸드

SNS에서 직장인 3대 소울푸드를 소개하는 글을 보았다. 제육볶음, 돈가스, 김치찌개. 남녀노소를 아우르는 완벽한 조합이라고 생각한다. 소방관의 소울푸드는 무엇일까? 3대까지 갈 필요 없이 단 하나의 음식만이 떠오른다. 라면. 일단 근무가 시작되면 다음 팀과 교대하기 전까지는 어떤 상황이든 출동해야 한다. 밥을 먹다가도, 애인과 통화를 하다가도, 심지어 화장실에서 일을 보고 있다가도 뛰어나가야 한다. 출동으로 인해 구내식당 식사 시간을 놓친 소방관을 가장 잘 위로해주는 음식이 라면이다.

다 끓여 식탁에 올린 직후에, 출동벨이 울리는 야속한 경우도 있다. 배채운다는 심정으로 불어 터진 면을 먹을 때는 약간 서럽기도 하다. 도저히 못 먹겠다 싶을 때엔, 면을 버리고 국물만 먹는다. '아, 이래서 중국집 가면 선배들이 짬뽕 안 시키고 볶음밥을 시키는구나!' 하고 뒤늦게 깨닫는다. 밥 때를 놓쳐 어김없이 라면을 끓이던 중 또 출동벨이 울렸다. 머피의 법칙인가, 왜 면을 넣은 직후에만 벨이 울리는지 모르겠다. 야간 출동의 대부분을 차지하는 주취자(drunken) 신고이다. 길을 지나던 사람이 추운 날 바닥에 쓰러져 있는 사람을 보고 신고해준 마음 따뜻한 경우이지만, 구급대원들에겐 영 성가신 신고가 아닐 수 없다.

이유가 여럿 있다. 우선 주취자의 상태가 양호한 경우가 많아, 병원으로 이송하지 않는 경우가 대부분이다. 구급대는 더 응급한 환자가 발생할 경우를 대비해, 병원이나 자택으로의 단순 이송은 법에 근거해 거부할 권리가 있다. 둘째, 주취자는 구급대에게 위협적인 존재이다. '진정한 구급대 생활은 주취자에게 얻어맞은 후에 시작된다'라는 웃픈 얘기가 있다. 주취자를 대할 때엔 영상녹화장치가 달린 헬멧을 항시 착용하지만, 맞더라도 신고를 할 수 없는 게 현실이다. 법적으로 보상을 요구하더라도 인사기록에 남아 진급에 악영향을 주기 때문에, 그냥 숨기는 경우가 대부분이다.

주취자 신고가 꺼려지는 결정적 이유는 따로 있다. 현장에 나가보면 전에 봤던 주취자를 또 만나는 경우가 있다. 병원 이송이 불필요한 주취자의 경우, 보통 경찰에 인계하고 구급대는 복귀하게 된다. 경찰서로 이송된 후엔 신원 조회를 받고, 자택으로 돌아간다. 문제는 여기서 발생한다. 또 만나는 주취자들의 대부분은 자택 없이 거리를 떠도는 사람들이기 때문이다.

구급차가 매번 라면을 사던 마트 앞에 멈춰 섰다. 허름한 옷차림과는 어울리지 않는, 멋진 붉은색 운동화를 신고 있어 '빨간 신발 할아버지'라고 불러왔다. 정상일 것을 경험적으로 알고 있지만, 장비를 꺼내 활력 징후 (vital sign)를 체크하며 말을 붙여본다.

"어르신, 또 뵙네요."

처음 만났을 때, 할아버지는 아파트의 방음벽 아래에 누워있었다. 원래 무슨 색이었는지 알 수 없는 검은색의 바지에, 청색 재킷 하나 걸친 상태였다. 그때도 운동화는 여전히 붉었다. 아파트 단지에서 주워온 듯한 소파 매트에 의존해 보도블록의 냉기를 참아내고 있었다. 어디서 구해 드셨는지, 머리맡엔 소주 두 병이 놓여있었다. 식사는 하셨냐고 묻자 오늘은 한 끼 먹었다고 답했다. 다행이라고 생각하려던 찰나에 몇 마디의 대답이 더 돌아왔다.

"쓰레기통 뒤져서, 박스 안에 닭 조금 주워 먹었어."

집은 물론이거니와 가족도 없다고 했다. 머피의 법칙인가, 아픈 일은 왜 아픈 사람에게만 일어나는 걸까. 술 그만 드시라는 꾸중을 하면 여느 주취자와 똑같이, 하던 말만 계속 되풀이하셨다. 멍한 내 기분 탓인지, 할아버지의 술주정은 점점 잦아들고 마트 계산대 소리만 들렸다.

소방서에 복귀하는 길에도 할아버지의 대답이 머릿속에서 떠나질 않았다. 식당은 어두웠지만 불을 켜고 싶지 않았다. TV 조명에 비친 라면은 기세 좋게 불어, 흉측할 정도였다. 평상시였으면 엄두도 못 낼 굵기였지만, 그날은 크게 한입 집었다. 억지로 욱여넣었다. TV에선 매번 나오던 유니세프 광고가 나왔다. 한 번도 만나본 적 없는 지구 반대편의 아이들이지만, 그들의 눈은 익숙했다. 바보같이 눈물이 났다. 날이 추워서 그런 건지, 불어 터진 라면을 먹는 생활에 싫증이 난 건지, 아무것도 해주지 못한 채 그냥 돌아온 나 자신이 무기력해서인지. 이유도 모른 채 어두운 식당에 앉아 그 아이들과 같이 울었다.

날이 점점 추워지고 있다. 새벽 출동을 나갈 때엔 외투를 꼭 챙긴다. 눈이 잘 내리지 않는 따뜻한 지역이지만, 바닷바람은 사람 하나 얼리기엔 충분히 차다. 전에는 귀찮았던 주취자 출동도 이젠 슬슬 신경이 쓰인다. 현장 주소를 두세 번 확인하고, 환자가 어떤 신발을 신고 있나부터 확인하게 된다. 다음번에 할아버지를 다시 만나게 되면 꼭 물어볼 질문이 생겼다. '어르신, 어떤 음식 좋아하세요?' 그 음식을, 할아버지의 소울푸드를 생전에 같이 먹어드리고 싶다.

주취자-소울푸드

·119 구조구급에 관한 법률 시행령 제20조에 따라, 단순 입원, 주취자와 같은 비응급환자인 경우엔 구급 출동을 거절할 수 있습니다.
·소방청 통계에 따르면, 구급대원 폭행의 90%는 술에 취한 상태에서 발생합니다.
·소방기본법에 따르면 폭행 또는 협박을 행사하여 소방활동을 방해할 경우 5년 이하의 징역 또는 3천만원 이하의 벌금을 구형 받을 수 있습니다.

9

화재 사고
친구

소방서에서 가장 오랜 기간을 함께한 화재진압대원 한 명이 있다. 독특한 이름 중 한 글자를 따서 '봉'이라는 별명을 붙여주었다. 나와 봉은 근무하는 날에 자주 어울려 다니는 것은 물론이고, 휴무 날에도 자주 만났다. 등산을 좋아하는 봉은 같이 암벽등반을 배워보자고 나를 조르기도 했다. 작은 체구임에도 벽을 성큼성큼 오르던 그녀의 뒷모습을 보고, 우리 시의 유일한 여성 경방^(화재진압)이었음을 다시 한번 느꼈다.

봉은 밤식빵을 가장 좋아하는데, 이상하게도 밤은 골라내고 식빵만 먹는다. 그럴 거면 그냥 식빵 사 먹으라고 했지만, 밤식빵이 맛있다고 투정을 부린다. 평소처럼 식당에서 같이 빵을 먹으며 TV를 보던 중 출동벨이 울렸다. 목재공장 화재. 화재 출동 벨소리는 구급 출동벨과는 달리 투박한 느낌이 난다. 조선시대 때나 썼을 법한 전쟁을 알리는 종소리 같다. 소방서 내에서는 화재 출동을 가장 무겁게 생각한다. 구급, 구조와 달리 인력이 많이 필요하고, 재산피해가 크고, 자칫하면 큰 재해로 번질 수 있기 때문이다. 한번 불이 나면 3시간은 기본이고, 밤을 꼬박 새우며 불을 끄는 경우도 있다. 사무실로 가보니 이리저리 뛰어다니며 지령서를 나눠 가지는 진압대가 보인다. 타 지역 구급대까지 편성된 것을 보니 상당히 큰 화재임을 직감했다. 봉에게 지령서를 건네려 했으나, 재빠른 그녀는 이미 펌프차에 올라타 방화복을 입고 있었다.

화재 현장은 소방서에서 멀리 떨어져 있었다. 구급차로 신호를 통제하며 달렸음에도 족히 30분은 걸리는 거리였다. 현장은 생각보다 심각해 보였다. 최대풍속 22m/s의 강풍으로 인해 뒷산까지 불이 옮겨붙고 있었다. 건조한 날씨에, 강한 바람, 그리고 활활 타오를 땔감까지. 불은 쉽게 수그러들 생각을 않았다. 환자나 요구조자가 있는지 파악하기 위해 구급차에서 내렸다. 언제 도착했는지 봉은 벌써 펌프차에서 내려 공기호흡기를 메고 있었다. 환자가 발생하지 않아 구급차는 곧 귀소[1] 명령이 내려졌다. 고생할 봉을 남겨두고 간다고 생각하니 마음이 아팠다. 아까 TV 보면서 먹던 빵이라도 좀 챙겨 와 줄 걸 하는 후회가 밀려왔다. 그러다 문득, '감정이라는 건 산에 불붙듯 다른 사람에게 전파된다'며 항상 웃으라던 봉의 말이 생각났다. '쌤통'이라고 놀리며 웃음으로 그녀를 격려하고, 소방서로 돌아왔다.

오전 11시에 시작했던 화재진압은 오후 5시가 되어서도 마무리되지 못했다. 진압 상황은 굉장히 열악했다. 물탱크차까지 썼음에도 물이 부족하여 몇 번을 퍼 날랐고, 소방관들이 먹을 물과 간식 역시 흘린 땀을 메우기

---

1 소속센터로 돌아가는 행위

엔 턱없이 부족했다. 정오에 돌아와서 구급 출동을 나가는 동안에도 화재 현장을 걱정했다. 언제 한번 큰 화재 출동 나가보고 싶다고 노래를 불러 대던 봉이지만, 이번만큼은 견디기 힘들 것이라 생각했다. 불은 정말 무서운 존재이기 때문이다. 불똥은 언제 어디로 튈지 모르고, 순식간에 모든 것을 집어삼킨다.

단순 이송 구급 출동을 마치고 돌아오자, 교대 시간인 오후 6시가 가까워졌다. 모두들 화재 현장에 나가 있어 사무실은 텅 비어 있었다. 화재 현장의 상황을 확인하려 지령서를 확인했더니 구급 자체 접보[2]가 하나 있었다. 일반 시민이 아닌, 소방서에서 자체적으로 신고를 했다는 뜻이다. 화재 현장 주변에 있는 구급대가 출동했나 보다. 귀소하는 길에 사 온 밤식빵을 식지 않게 박스에 담아두고, 교대하고 돌아올 봉을 기다렸다. 구급활동일지 작성을 마치고 아까 출력해 놓은 화재 현장 지령서를 보는데 익숙한 글자 하나가 보였다. '봉'. 쉽게 볼 수 있는 글자가 아니기에 나는 다시 한번 확인했다. 이름과 직위 모두 그녀의 것이었다. 사무실로 달려가 화재 현장으로 출동했던 구급차 휴대폰에 전화를 걸었다.

'화재 현장 환자 이송했던 병원명이 어떻게 됩니까?'

모든 일을 제쳐 두고 병원으로 향했다. 퇴근 시간이라 도로는 매우 혼잡했다. 구급차였더라면 10분이면 도착할 거리지만, 교대를 마친 나는 길을 막는 수많은 퇴근길 차량 중 하나에 불과했다. 응급실에 도착했을 때엔 이미 그녀는 OR(수술실)에 들어가고 없었다. 간호사들에게 묻자, 우측 어깨에 심한 골절이 있었고 팔목에 화상을 입었다고 한다. 위에서 떨어진 건축물 자재에 맞고 쓰러진 것 같다. 그러고는 깨진 면체[3] 사이로 들어온 유독가스에 의식을 잃은 것이라 생각되었다. 더 이상 어떤 말도 듣고 싶지 않았다. 응급실 앞 의자에 앉았다. 응급실에서 들 것을 빼며 매번 봐왔던 풍경 속에 이젠 내가 앉아 있었다. 무엇이라도 하라고 재촉하는 듯 심장이 빠르게 뛰었지만, 나는 아무것도 할 수 없었다. 그렇게 한 시간, 두 시간 지나도 소식은 들려오지 않았다.

그녀와는 단 한 번도 가족에 대한 얘기를 한 적이 없었다. 그쪽의 이야기를 피하는 듯한 느낌이 들어, 나도 일부러 화제를 돌리곤 했다. 그녀의 유일한 가족인 삼촌에게서 들은 이야기이지만 일찍이 병으로 아버지를 여의고, 어머니조차 행방을 알 수 없다고 한다. 그녀의 밝은 웃음 뒤에 숨겨진 그늘에 마음이 서늘해졌다. 고민할 틈 없이 나는 외국에 계신 삼촌을 대신해 간호를 도맡았다. 병실은 고요했다. 간간이 찾아오는 소방서 직원이나 고향 어르신들을 빼고는 찾아올 사람이 없었다. 더 마음이 아팠다. 그래도 이틀 밤을 꼬박 새우고 쪽잠을 자면서 문안객을 맞았다.

---

2 신고 내용을 전하는 행위. 반대로 상황실에서 신고를 받는 행위는 수보라고 한다.
3 화재로 인해 발생하는 유독가스가 유입되지 못하게 안면 전체를 덮는 장비.

간호 내내 눈물 한 번 안 흘렸던 나지만, 수액을 교체할 때마다 하염없이 울었다. 환복을 준비하면서 닦는다고 닦았겠지만, 까맣게 그을린 팔은 원래대로 돌아오지 못했다. 홀로 삶을 버텨오느라 무뎌진 입은 산소마스크로 틀어 막혀 있었다. 삼촌이 도착해 교대하면서 자리를 박차고 일어났다. 매일 '안전!'하며 경례하는 게 무슨 소용이냐고. 인사를 하려는데 웃음이 새어 나왔다. 그렇게 바라던 불 속은 기분이 어떠했냐 물었다.

그녀의 문안객 페이지에 내 이름을 쓰고 소방서로 돌아왔다. 직원분들이 고생했다며 토닥여 주셨다. 씁쓸했다. 격려받는다고 해서 봉이 다시 나아지는 것도 아닐 텐데. 봉. 입에 착 붙던 글자가 굉장히 낯설게 느껴진다. 자리에 앉으니 발에 뭔가 채였다. 밤식빵을 담아두었던 상자였다. 말없이 고개를 숙이고 밖으로 나왔다. 코스모스가 바람에 날려 이리저리 흔들리고 있었다. 그 곁에 서서 나 혼자 울었다. 제발 하루만, 못다 한 말 토해낼 수 있게 단 하루만 빌려 달라고 울었다.

화재사고-친구 ─────────────────────────────

· 소방차량은 흔히 소방차라고 불리는 펌프차 이외에도, 구급차, 구조공작차, 지휘차, 물탱크차, 화학차, 사다리차, 오토바이 등 크기와 역할이 세분화되어 있습니다.

· 농연(濃煙) 속에서 고립될 경우, 수건으로 코와 입을 가리고 자세를 낮춘 상태로 창문을 찾는 것이 좋습니다.

· 화재 현장은 낙하물로 인한 위험이 항상 존재하므로, 발화층 높이 절반가량의 거리 이상 떨어져 있어야 안전합니다.

10
PTSD
11월 9일

아침부터 소방서가 요란하다. 119를 뜻하는 11월 9일. 소방의 날은 소
방서의 몇 안 되는 값진 기념일이다. 지역 내의 소방관들이 모여 각종 행사
를 진행하는 날이다. 항상 출동하느라 못 뵀던 타지역의 반가운 얼굴도 보
고, 명예로운 일을 축하하며 표창을 하기도 한다. 뒤뜰에서는 체육대회 준
비가 한창이다. 소방호스를 누가 신속하게 전개하나, 누가 가장 정확하게
가슴 압박을 하나 내기를 하기도 한다. 점심 식사를 하며 삼삼오오 모인 사
람들은 남녀 불문하고 편하게 얘기를 나눈다. 뉴스에 몇 번씩이나 보도되
던 사건의 당시 상황을 얘기해주기도 하고, 장비 점검하러 오신 감독관이
너무 꼼꼼했다며 한탄하기도 한다. 따뜻한 햇살 아래 맘 편히 쉬어 보는 게
얼마 만인지 모르겠다.

소방이라는 공통분모 아래, 모두가 하나 되고 있었다. 서로 근무하는
지역이 다르고, 계급과 맡은 역할이 다를지라도 어떤 삶을 사는지 충분히
예상할 수 있었다. 남들은 무심코 지나치는 소화기 계기판을 한 번씩 닦아
주고, 외출 전에는 가스 밸브가 잠겼는지 확인할 것이다. 연기 소독 차량

이 보이면 소방서에 신고했는지 물어볼 것이며, 친구가 버리고 가는 담배꽁초를 말없이 한 번 더 밟는 사람들일 것이다. 비슷한 삶을 산다고 생각하니 마음이 아팠다. 내가 겪는 아픔을 오늘 모인 다른 소방관들도 겪고 있을 것이기 때문이다. 직업병. 보고, 듣고, 느끼는 것들에 제한을 받고 있을 것이기 때문이다.

매일 집도하는 의사들도 있고, 매달 피를 보는 사람들도 있지만, 피는 언제 봐도 적응이 안 된다. 사무실에 앉아 공부를 하는 데 내 손을 보고 깜짝 놀랐다. 단순히 빨간 잉크가 손에 묻은 것이지만, 진짜 피를 본 것 마냥 심장이 뛰었다. 좀비 영화나 의학 드라마도 쉽게 보지 못한다. 상처 부위를 볼 때마다 과거 환자의 모습이 겹쳐진다.

잠을 자다가도 벌떡 깬다. 주위를 둘러보면 내 집 침대 위다. 출동벨이 울릴 리가 없는데 자꾸 헛것을 듣고 깨는 것이다. 피비린내에 질려 수산시장에 가까이 가지 못하고, 시체 썩는 냄새를 잊지 못해 된장국을 잘 먹지 못한다. 김치통에서 김치를 꺼내는데 헛것이 보여 그릇을 떨어뜨린 적도 있다.

2017년 기준, 대한민국 현직 소방관은 4만 3천여 명. 하루 동안 8천 800여 건 출동이 이루어진다. 우리 시대의 영웅이라고 불리는 소방관일지라도 한계에 부딪힌다. 육체적인 피로와 과한 업무도 부담이 되지만, 가장 문제가 되는 것은 정신적인 부분이다. 요구조자를 살리지 못했다는 죄책감을 느끼기도 하고, 죽은 환자가 꿈에 나와 잠을 이루지 못하기도 한다.

영화 〈로건〉의 주인공 울버린도, 〈다크 나이트〉의 주인공 브루스 웨인도 말 못 할 고민을 품고 살아갔을 것이다.

외상 후 스트레스 장애(PTSD)를 겪는 소방관의 비율은 일반인의 8배에 달한다고 한다. 자신의 아픔을 공유하기 힘든 데에는 이유가 여럿 있다. 상담과 치료는 기록에 남아 인사에 악영향을 준다. 이를 감수하고 상담을 받으려 해도, 대한민국이라는 나라엔 소방병원 하나 존재하지 않는다. 지난 5년간 자살한 소방관은 47명. 그들은 소방관이기 전에, 누군가의 친구, 누군가의 자식, 누군가의 부모였다. 소방관만 사람을 살리는 게 아니다. 감사와 격려의 말 한마디가 그들에게는 큰 힘이 된다는 것을 기억해주기 바란다.

PTSD-11월 9일 ─────────────────────────────

· 우리나라의 119 번호는 일본에서 사용하던 번호가 도입된 것으로, 당시 지역번호로 잘 사용되지 않던 9번을 이용하여 119번이 탄생하였다는 가설이 있습니다.
· 사전신고를 하지 않고, 소각행위 및 연막소독을 실시해 오인화재 출동을 야기할 시 20만 원 이하의 과태료가 부과될 수 있습니다.
· 분말 소화기는 굳을 수 있기 때문에 한 달에 한 번 정도는 거꾸로 뒤집거나 흔들어 주어야 하며, 일반적인 유통기한은 5년입니다.

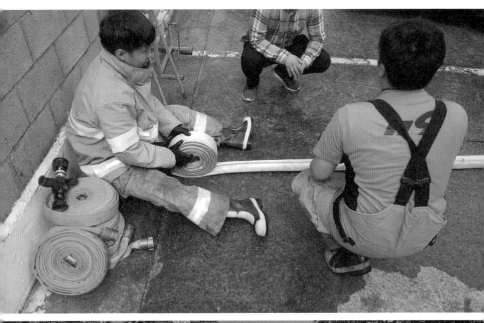

겨울

11

자살 기도
존엄

소방서에서 잠시 나와서 아버지와 함께 병원에 다녀왔다. 친할머니가 누워 계신 요양병원. 친할머니와 함께 지낸 시간이 많지 않지만, 내겐 마지막 남은 조부모라는 점에서 더 애틋하게 느껴진다. 입원하기 전엔 허리가 굽으신 것 빼고는 정정하셨다. 밭일을 하고 시장에 갓이나 옥수수 따위를 팔러 나가기도 하셨다. 하지만 위암 판정을 받고 수술을 두어 번 하는 동안 체력이 많이 떨어지셨다. 살이 정말 많이 빠져 골격이 훤히 드러났고, 눈은 탁해졌다.

요양병원에 가본 사람들은 잘 알겠지만 젊은 사람이 보기엔 풍경이 많이 험하다. 배변 봉투는 물론이거니와 산소 호흡기와 삑삑거리며 생존을 알리는 심전도 그래프^(EKG) 등 온갖 기구들이 주렁주렁 달려있다. 공원을 산책하거나 가족과 식사를 하는 일반 병원과 달리, 요양병원에서 환자가 할 수 있는 것은 침대에 누워 가족들을 맞이하는 것뿐이다. 말도 하지 못하고, 눈조차 뜨지 못하는 환자들도 있다. 생명 유지 연장 장치에 의존해 숨을 쉰다. 아버지는 오늘도 웃는 얼굴로 할머니를 뵙지만, 언젠가는 생명 연장 여부를 결정해야 한다는 사실을 잘 알고 계신다.

병문안을 갔던 날 새벽에 수난 구조 출동을 나갔다. 소방서 인근 갯벌에 20대로 보이는 남녀가 빠져 있다고 한다. 보름달이 뜬 것을 보니 물이 많이 빠졌을 거라고 생각했다. 현장에 도착해보니 바닷물은 성인 무릎 정도 높이에서 찰랑거리고 있었다. 남자는 화를 내며 물이 빠지고 있는 지평선을 향해 걷고 있었다. 그의 친누나는 남자의 소매를 붙잡고 울면서 그를 말리고 있었다. 술을 마시던 남자가 물가에 신발을 벗어 두고 자살을 시도했고, 잠시 자리를 비우고 돌아온 친누나가 뒤따라 들어간 것이다. 손전등을 비추자 바닥엔 따개비와 굴이 가득했다. 맨발로 바다를 향해 걸어간 남자는 과다출혈은 물론, 감염의 가능성도 있었다. 구조대원이 슈트를 입고 물속으로 진입하자, 남자는 기겁하며 더 크게 소리를 질렀다. 그러고는 더 빠르게 죽음을 향해 걸었다.

"내가 죽겠다는데 왜 니들이 지랄이야!"

맞는 말이었다. 할 말이 없었다. 과연 자살을 막을 권리가 있는가? 옥상에서 떨어지려는 사람을 설득하고 에어매트를 설치할 권리가, 연탄불이 피워진 방의 창문을 깨고 들어갈 권리가, 목을 매단 사람의 줄을 끊을 권리가 과연 있는가? 우리나라 법에 자살방조죄는 있어도, 자살죄라는 항목은 없다. 자살을 하더라도 딱히 처벌받지 않는다는 뜻이다. 그럼에도 불구하고 사회는 자살을 막으려 캠페인까지 벌여대고, 심지어 이렇게 새벽에 깨워서 구조대까지 출동시켰다. 기독교에서 생명은 신이 주신 존엄한 선물이기에 버려선 안 된다고 주장하지만, 현대 법은 종교와는 별개이다. 국가입장에서는 자살이 만연하면 납세자가 줄어들고, 사회라는 공동체가 허물어지기에 자살은 막아야만 한다. 사망률 높이는 술 담배는 안 막아도, 사망 자체는 막으려 안달이다. 자살자 개인 입장에서 보면 너무나도 이기적인 주장이다.

2018년부터 대한민국은 존엄사가 가능한 나라가 된다. 안락사와는 약간 다른 개념이다. 생명 유지 연장 장치를 사용하는 사람에게만 적용된다는 이야기이다. 하루하루 고통스러운 삶을 이어가고, 가족들에게 피해가 될 바엔 편안한 죽음을 택하겠다는 것이다. 퇴근 후에 친구들과의 술자리에서, 오늘 들은 그의 외침과 존엄사 얘기를 해주었다. 지리학을 전공한 내 친구는 존엄사에 회의적인 입장을 보였다. 고령 사회가 도래하기에 국가가 선택한 인구 절감 대책처럼 보인다는 것이다. 철학을 전공한 다른 친구는 나에게 질문 하나를 던졌다. 자살 시도하는 사람을 막을 권리를 논하고 싶으면, '자신의 목숨을 끊을 권리가 있는가'에 대한 답을 먼저 해보라고 했다.

아버지는 할머니의 DNR에 동의하는 듯했다. Do not attempt resuscitation의 약자로 심정지 등의 상황에서 소생 시도를 포기해달라는 뜻이다. 타인의 생명을 포기할 권리를 대신 동의해준다는 것이 의아하긴 하지만, 나 역시도 동의했다. 내겐 죽음을 말릴 권리가 없었고, 그녀의 선택을 존중할 수밖에 없었다.

안타깝게도 나는 앞으로 환자에게 손을 내밀 때에 망설일 것 같다. 당신은 정녕 살고 싶은지, 아니면 죽음을 원하는지. 내가 손을 내밀어 주길 바라는지, 아니면 당신의 손을 밀어주길 바라는지. 당신의 안락은 어떤 것인지 눈으로 물을 것 같다.

자살 기도-존엄

·임종 전에는 분당 3~4회 정도로 매우 느리고 '꼭' 소리를 내는 불규칙한(gasping) 호흡을 보이며, 소생률이 매우 낮습니다.
·고령이거나 말기 환자의 경우, 보호자가 원하지 않는다면 심폐소생술을 중단할 수 있습니다.
·대한민국의 경우 2018년 2월 4일부터 연명의료결정법이 시행되었습니다.

12

산부
바람

소방서는 24시간 출동대기이지만, 출동이 없을 때는 사무실에서 각자의 방법으로 시간을 보낸다. 컴퓨터를 이용해 못다 한 행정업무를 마무리하거나, TV를 통해 뉴스나 야구 경기를 관람하기도 한다. 나는 조용히 자리에 앉아 책 읽는 것을 좋아한다. 최근에 읽은 책은 조남주 작가의 〈82년생 김지영〉이라는 소설이다. 과거와 현재의 대한민국 여성들이 겪은 가슴 아픈 현실을 누구나 공감할 수 있게 잘 표현하였다. 몇 달간 베스트셀러 1위에 올라있을 정도로 많은 이들의 입에 오르내렸고, 나 역시도 아끼는 후배에게 이 책을 건네주었다.

김지영의 삶을, 그리고 대한민국 여성의 삶을 읽는 동안, 머릿속을 맴돌던 출동이 하나 있었다. 작년 겨울, 여느 때처럼 식당 설거지를 하고 있는데 출동벨이 울렸다. '임산부'. 지령서엔 다른 신고내용 없이, 딱 세 글자만 적혀 있었다. 구급차를 몇백 번 타 본 나였지만 임산부를 대상으로 한 출동은 처음이었다. 선배 구급대원은 삼성병원에서 간호사 생활을 하면서 분만 보조를 몇 번 해본 경험이 있었다. 사실 나도 분만 유도 방법을 모르는 건 아니었다. 구급차를 타기 위한 필수 교육 과정 중 하나였고, 이론은 물론, 모형을 가지고 두어 번 실습도 해봤다. 학창 시절 성교육 때 졸아본 적 없었고, 기술가정이 내 최애 과목이었다. 하지만 내겐 실제 임산부가 처음인 데다가, 우리 구급팀 세 명 모두 젊은 남성인 특수한 경우였기에 불안감은 커져만 갔다.

출동하면서 신고자에게 전화를 걸었다. 임산부 본인이 신고한 것 같았다. 어떤 상황인지 물었으나 별다른 득이 없었다. 임산부가 신음 섞인 목소리로 흐느끼며 중얼거리는데, 구급차가 심하게 흔들리는 탓에 잘 들리지 않았다. 다행히도 현장은 비교적 가까운 곳이었다. 구급차 내에 멸균 시트를 깔고, 서둘러 장비를 챙겨 내렸다. 엘리베이터를 타고 올라가는 시간이 정말 길게 느껴졌다. 태아의 머리가 보인다면, 응급실이 아닌 현장에서 분만을 유도해야 한다. 분만 키트를 들고 있던 손이 덜덜 떨렸고, 면장갑엔 땀이 차기 시작했다.

바닥엔 검은 피가 흥건했다. 환자는 화장실 앞에 쓰러져 있었고, 방 안쪽에선 아이의 울음소리가 들려왔다. 생후 1~2개월 된 건강한 아이였고, 환자는 임부^(임신한 여성)가 아니라 산부^(아이를 낳은 여성)였다. 준비해온 담요로 하반신을 덮어주었다. 안타깝게도 환자의 의식이 매우 흐렸다. 활력 징후를 체크하며 주위를 둘러보았다. 화장실 바닥은 물론이고, 변기 안에도 반쯤 굳은 피가 가득했다. 출혈량이 많고 혈압도 낮아, 저혈량성^(hypovolemic) 쇼크가 우려되었다. 생리식염수^(NS)를 주사하기 위해 18G 정맥주사용 바늘^(catheter)을 꺼냈다. 혈관을 찾으려 산부의 팔을 찰싹찰싹 때리는데, 여자가 고개를 내저으며 애원했다.

"살려 주세요, 제발."

그녀의 눈물 섞인 목소리에 갑자기 호흡이 흔들렸다. 바늘을 쥔 손이 덜덜 떨렸다. 뇌 실질이 돌출된 환자를 보아도 전혀 떨지 않던 나였는데, 처음 느끼는 손 떨림에 두려움이 몰려왔다. 우리의 공황을 눈치챈 선배 구급대원이 재빨리 환자의 반대쪽 팔을 잡고 혈관을 찾기 시작했다. 나는 그대로 바늘을 내려놓았다. 멍한 상태에서 여자의 살려 달라는 흐느낌이 귓가를 맴돌았다. 선배는 깔끔하게 주사에 성공하고 환자 팔의 고무줄을 풀며 나에게 말했다.

"정신 차려라. 그러다 이 여자 죽는다."

쓰지도 못한 바늘을 정리하며 지금 해야 할 일을 천천히 되짚었다. 출산한 지 한 달 정도 된 산부. 환자에게 동의를 구하고, 출혈 상황을 확인했다. 혈액의 굳은 정도와 색을 보니, 출혈은 어느 정도 멈춘 것 같았다. 출산 시 태반(placenta)이 완전히 빠져나오지 못하고 일부가 남아, 자궁벽 내부에 출혈이나 염증을 유발했을지 모른다. 그렇다면 구급대가 현장에서 처치하기는 어렵다. 응급실 이송을 위해 거즈로 하의와 바닥의 혈흔을 닦아 냈다. 먼저 짐을 챙긴 선배가 자리에서 일어나 나를 불렀다.

"가자, 이제. 살리러 가야지. 뭐 하고 있어? 애기 안 데려오고."

응급실에 도착한 여자는 곧바로 수술실로 옮겨졌다. 후에 들은 얘기지만, 퇴원할 때까지 남편은 나타나지 않았다고 한다. SNS나 포털 사이트에는 하루도 빠짐없이 남녀 갈등에 대한 이야기가 올라온다. 그 정보의 바다에, 여성의 권리를 되찾고자 하는 움직임이 잔잔한 물결처럼 퍼지고 있다. 낙태죄 폐지를 반대하는 사람들을 상대로 대화를 시도하고, 몰래카메라나 직장 내 성희롱 같은 부조리를 고발하고 있다. 이런 작은 '바람'이 파도를 일구어 정보의 바다를 뒤엎고 있다. 과연 무엇이 옳은지에 대한 논의는 끝이 없겠지만, 몰랐던 서로에 대한 관심이 가장 중요한 것 같다.

산부-바람
· 분만예정일(EDC)은 마지막 생리 날짜에서 월은 -3, 일은 +7을 하여 구할 수 있으며, 태아의 크기 추정에 중요한 지표가 됩니다.
· 초산부(初産婦)의 경우 진통 및 분만까지 평균 9시간, 경산부(經産婦)는 5시간 30분이 소요됩니다.
· 현장에 구급대가 도착했을 때 이미 태아의 머리가 나온 상태라면, 현장에서 분만을 시도 후 이송합니다.

13

차량 침수
존경

운동과는 거리가 멀었던 나지만, 소방서에 들어오고 나서는 몸 관리를 안 할 수가 없다. 구급, 구조를 불문하고 강인한 체력과 정신력을 요구하기 때문이다. 소방서 내 체력단련실은 나와 같은 생각을 하는 대원들로 북적인다. 가장 좋아하는 푸시업을 하던 중, 헬스장이 조용해지고 앵커의 목소리만 남았다. 국민이 가장 존경하는 직업 1위가 소방관이란다. 뿌듯해하는 나와 달리, 대부분의 직원들은 코웃음을 쳤다. 그도 그럴 것이 뉴스 보도와는 다르게, 실제 현장에 나가면 소방관들은 온갖 모욕을 받는다. 이렇게 열심히 체력 관리를 할 필요가 있나 싶을 정도로 말이다.

식사 시간을 막 넘긴 즈음의 저녁. 연말을 향해 달려가는 만큼, 해가 굉장히 빨리 져 어둑어둑했다. 소방서 인근 부두에 차가 물에 빠졌다는 신고를 받았다. 신고자와 통화한 바, 차 안에 사람이 있는지는 잘 모르겠다고 한다. 제발 차만 빠진 것이길 바랐다.

현장은 부두라기보다는 공사장에 가까웠다. 배는 거의 없었고, 바닥은 시멘트 가루가 가득했다. 빛 한 줄기 없는 이런 삭막한 곳에 신고자가 있었다는 게 신기했다. 구급차에서 내려 바다 쪽으로 걸어가는데 놀라운 광경이 펼쳐졌다. 어둑한 밤바다의 수면 아래로 두 줄기의 빛이 보였다. 이미 자동차는 완전히 침수되어 있었다. 잠수함이 가라앉아 있는 듯했다. 완전 침수는 해경은 물론 구조대도 버거워하는 곤란한 상황이다. 물속에서는 차 문이 잠겨 있지 않더라도 쉽게 열 수 없다. 물의 압력 탓에 문을 당길 수가 없기 때문이다. 창문을 부수고 싶어도 물의 저항 때문에 망치를 세게 휘두를 수도 없어, 특수장비가 있어야 한다.

곧이어 도착한 구조대원들이 슈트를 갖춰 입고 바로 뛰어들었다. 차량이 빠진 곳까지 헤엄쳐가는 동안, 우리 구급대는 CPR 준비를 했다. 안에 사람이 있는지 확인된 바는 없지만, AED와 기도삽관(Intubation) 준비 등을 모두 마치고 두 손 모아 기다렸다. 먼발치에서 구조대원이 숨을 크게 들이마시고 잠수할 때마다 우리의 호흡도 같이 멎었다. 몇 번의 물질 끝에 상황을 전달받았다.

"일단 한 명 보여! 창문 열려 있긴 한데 틈이 좁아서 깨야 해. 락벨트랑 파쇄기 갖고 와!"

뭍에서는 거리가 있었기에 해경의 선박을 타고 가서 전해주었다. 가까이서 본 상황은 더 섬뜩했다. 물에 의해 합선되었는지, 물속에서 와이퍼가 윙윙 움직이는 게 보였다. 아마 차량의 문도 오토락에 의해 잠겨 있을 것이다. 그새 더 가라앉은 차의 라이트는 거의 보이지 않았다. 선박에서 내려 서로 분담한 역할을 점검하는데, 구조대원들의 목소리가 들려왔다. 그 말을 듣자마자 소방관들이 여럿 달려들어 로프를 당기기 시작했다. 구조대원 품에 안긴 요구조자가 보였다. 초기 신고가 있은 지 28분 만에 뭍으로 나왔다. 완전 침수된 지 대략 21분 되었다 가정하면 심정지는 약 20분 정도. 긴 시간이지만, 익수환자는 일반적인 CPR 환자보다 소생률이 월등히 높다. 게다가 심정지 환자치고 젊은 축에 속하는 40대 남성이었기에 가능성이 보였다.

상반신의 물기를 닦고 바로 AED 패드를 붙었다. 동료 구급대원이 기도에 관을 삽입하는데 계속 구토물이 나왔다. 흡입 (suction)하는 속도보다 토해내는 속도가 더 빨랐다. 기도확보에 난항을 겪는 만큼 가슴 압박 시간은 길어졌다. 내 뒤를 이어 다른 구급차의 대원이 압박하고, 그 뒤를 이어 해경이 압박을 도왔다. 기도삽관에 겨우겨우 성공해 공기를 넣어주는데 구토물이 사방으로 튀었다. 감염방지를 위해 마스크를 쓰라는 게 이런 것 때문이구나 다시 한번 느꼈다. 정맥주사가 끝나는 대로 응급실로 이송했다.

환자 인계를 마치고 터벅터벅 걸어 나왔다. 지금까지 경험한 CPR 중 가장 힘들었다. 땀으로 온몸이 젖었고, 무릎과 팔꿈치엔 정체를 알 수 없는 이물질이 묻어 있었다. 구급차 내부는 더 가관이었다. 아까 꺼내면서 서로 엉킨 튜브, 쓸 틈 조차 없던 구명조끼, 주렁주렁 걸린 수액, 그리고 이곳저곳 튄 토사물. 출동이 불가하다고 본부에 알리고, 소방서로 돌아와 청소를 시작했다. 기분이 멍했다.

'소방관이 어째서 존경받는 직업 1위지.'

더러워진 담요 세탁을 위해 병원을 다시 찾았다. 담요가 든 검은 봉투를 들고 응급실로 들어가는데 벤치에 앉은 여인이 불러 세웠다. 안에 든 게 혹시 옷이냐고 물으시는 걸 보니 요구조자의 보호자인 것 같았다. 여인의 얼굴을 보는 순간, 사건의 원인을 예상할 수 있었다. 눈물 한 방울 흘리지 않은 채, 껌을 씹고 있었다. 부부싸움이 있은 후 남자가 뛰쳐나갔다고 했다. 그녀는 땀범벅이 된 우리를 보고 몇 마디 내던졌다.

"그냥 죽게 내버려 두지, 왜 그리 애를 썼대요? 하여간 우리나라 공무원들은 융통성이 없어, 융통성이."

순간 머리가 돌아, 욕이 나올 뻔했다. 눈치챈 선배가 바로 내 어깨를 잡고 막아섰다. 어쩔 수 없이 그냥 응급실로 들어갔다. 어떻게 보면 맞는 말이다. 법에 나와 있지 않은 행동은 절대 하지 않고, 상관의 명령에는 무식할 정도로 곧게 복종하는 게 내 모습이었다. 민원이 들어오지 않게 머리를 조아리는 게 익숙했다. 허탈했다. 존경받는 직업 1위가 소방관이라니.

그날은 습관이 된 운동도 거르고 바로 잠자리로 향했다. 그렇지만 쉽게 잠이 오지 않았다. 발 뻗고 잘 수가 없는 밤이었다.

차량 침수-존경 ─────────────────────────────
· 차량 침수 시 가장 먼저 안전벨트를 풀어야 하며, 열린 창문이 있다면 탈출을 시도해야 합니다.
· 물이 들어오기 시작했다면 기다렸다가, 턱 끝까지 차오르면 숨을 참고 물이 다 찰 때까지 기다렸다 문을 열어야 합니다.
· 익수자는 대부분 물을 많이 흡인하지 않으며, 물을 빼내기 위해 복부나 등을 누르는 것은 오히려 위 역류를 초래할 수 있습니다.

14
데이트폭력
심연

새해를 맞이한 소방서는 새로움으로 가득했다. 이리저리 옮겨진 칸막이들과 뒤바뀐 간판이 부서 개편을 실감 나게 했다. 함께하던 직원의 절반가량이 다른 소방서로 떠났고, 그 빈자리를 채울 새로운 직원분들이 오셨다. 매일 앉던 내 자리에도 새로운 공기가 가득했다. 나를 제외한 두 구급대원 모두 바뀌어, 하루빨리 손발을 맞추어야 했다. 구급 장비를 부르는 이름을 통일하고, 현장에서의 역할도 미리 분담해보았다. 업무상의 일이 아니더라도, 같이 밥을 먹는 등 자주 붙어 다녔다. 서로 간의 긴장이 풀리고 서먹함이 사라지자 출근하는 매일매일이 기다려졌다.

결혼한 지 이제 막 한 달 된 구급대원의 얘기를 자주 듣는데, 시간 가는지 모를 정도로 재밌다. 얼마 전엔 혼인신고를 하자마자 싸웠다고 한다. 본인 생일인데, 늦은 저녁 갑자기 시댁에 가자는 남편의 어리광에 출근하자마자 투덜대셨다. 이젠 칼로 물 베기가 된 부부의 싸움 얘기를 들으니 웃음이 절로 새어 나왔다. 친구들끼리 종종 묻곤 한다. 결혼은 할 생각인지. 결혼에 항상 긍정적인 입장을 취하던 나였지만, 구급차를 탄 이후로는 쉽게 답이 나오지 않는다.

꿈꿔왔던 모습을 산산이 조각내는 가정이 많았다. 해가 저물어가면 폭행 관련 신고가 급증한다. 환자뿐만 아니라 구급대원에게도 위험한 상황이니 꼭 경찰과 함께 출동한다. 매번 다른 신고내용에도 불구하고, 대부분의 폭행 출동을 꿰뚫는 하나의 공통점이 있다. 언제나 현장엔 술 냄새가 난다. 남편이 주먹을 휘둘러 이빨이 빠진 아내의 집에도, 모친의 폭행으로 아들 팔뚝에 피멍이 든 집에도. 바닥엔 술병이 널브러져 있다.

외상이 다양한 만큼, 갈등의 양상도 다양하다. 자녀의 성적 하락으로 인한 갈등부터 내연관계까지. 버럭버럭 화를 내는 사람도 있고, 폭행 후 조용히 방에 들어가 우는 사람도 있다. 최근에 알게 된 공통점이 하나 더 있다. 놀랍게도 신고당한 사람들은 하나같이 반성의 기미가 보이질 않는다. '내가 오죽하면 그랬겠냐', '저놈이 먼저 시작했다' 같은 단순한 남 탓부터 '저년은 맞아도 싸다', '이렇게 하면 다 해결되니까 니들은 신경 꺼' 같은 말도 안 되는 합리화까지 등장한다.

신혼부부에게도 예외는 없다. 신혼여행 다녀온 지 채 한 달도 안 된 가정에서 있었던 일이다. 신고 장소는 20대 후반의 젊은 부부에게 어울리지 않는 신축 아파트였다. 이사한 지 얼마 안 되었는지 집 안은 깔끔함을 넘어 공허할 정도였다. 안타깝게도 예상은 맞아떨어졌다. 부엌 탁자 위엔 술병이 가득했다. 남성은 거실 소파에 앉아 울고 있었다. 이마의 찢어짐 (laceration)으로 인해 피눈물을 흘리는 것처럼 보였다. 만취한 여성은 씩 웃으며 우리를 노려봤다. 눈이 마주치자 나는 급히 시선을 돌렸다. 팔짱을 끼고 서 있는 그녀는 남편을 때려눕힌 것이 자랑스러운 듯했다.

경찰이 여성분을 진정시키는 동안, 우리는 남편 옆에 앉아 소독(dressing)을 했다. 나는 조용히 빠져나와 부엌에 있는 칼과 안방의 날카로운 물건들을 찾아다녔다. 종이로 감싸 찬장에 숨겨놓고 거실로 나왔다. 여성은 내가 나오기를 기다렸다는 양, 내 어깨를 밀치고 방으로 들어갔다. 아직 진정되지 않은 듯했다. 남편은 병원 이송을 완강히 거부했다. 남자를 그냥 집에 두고 돌아가기에는 여성의 돌발행동이 걱정되었다. 둘을 격리시킬 필요가 있다고 판단되어 남편을 경찰서로 안내하려는데 좀처럼 말을 듣지 않았다. 경찰이 이유를 묻자 남편은 병원 이송을 거부했던 본심을 털어놓았다.

"우리 여보 자살하면 어떡해요."

멍했다. 솔직히 말하면 어이가 없었다. 몸에 멍(bruise)이 들도록 폭행을 당한 사람이 할 말인가 싶었다. 이런 게 데이트 폭력인가 싶었다. 이런 게 결혼생활인가 싶었다. 남편은 분명 가해자의 처벌을 원치 않을 것이며 '반의사불벌죄'로 여성은 처벌 수위가 굉장히 낮아질 것이다. 정신을 차리고 남편의 발언에 되물었지만, 평소에 아내가 자살을 암시한 적은 한 번도 없었다고 한다. 경찰이 남편을 차분히 설득하는 동안 구급차 휴대폰의 연락처 목록을 뒤졌다. 혹시 모를 상황을 위해 시청의 심리안정 부서에 자살 상담을 요청하는 것이 좋다고 생각했다. 전화번호를 적어 남편에게 쥐여주고 경찰서에 인도하는 것으로 사건은 마무리되었다.

나는 아직도 결혼을 꿈꾸고 있다. 결혼이라는 단어를 떠올리면 여전히 마음이 따뜻해지고, 밝게 웃는 남녀의 모습이 생각난다. 하지만 전처럼 마음이 가득 차지 않는다. 그렇게 되지 말아야겠다고 굳게 다짐을 할 때마다, 나를 비웃던 그녀가 떠오른다. 가족을 때려눕히고 남 탓을 하는 사람과 내가 다를 바 있냐고 묻는 것 같다. 지금 다르다고 해도, 평생 다를 것이라 어떻게 확신하느냐고 묻는 것 같다.

'괴물과 싸우는 사람은 자신이 이 과정에서 괴물이 되지 않도록 조심해야 한다'라는 니체의 말. 마음을 다잡으려 아무리 싸워봐도, 이젠 칼로 물을 베는 것 같은 기분이다.

데이트 폭력-심연 ————————

·2018년 4월 24일 소방청과 경찰청은 재난 대응 공조체제에 대한 업무 협약을 체결하여, 공동 대응에 대한 기반을 다졌습니다.
·치아가 탈구된 경우, 치아 뿌리를 만지거나 씻어내지 말고 우유에 넣어 이송 시 지참하면 됩니다.
·부상 과정에 대한 진술이 변경되는 경우나, 기하학적 무늬의 화상을 입은 경우, 입이나 목 주위에 대칭적인 졸림 상처가 난 경우엔 학대를 의심해보아야 합니다.

15
선박화재
지휘

제천 화재 참사는 전국의 소방서에 많은 변화를 가져왔다. 본부에서는 관할 내 건축물의 소화 설비에 대한 소방특별조사를 요구하였고, 소방서별 일제 점검도 추가하였다. 소방서 내에서도 자체적인 피드백이 이루어졌다. TV에서 화재 현장이 비칠 때마다 직원들은 뜨거운 토론을 펼쳤다. 최선의 선택이었을까에 대한 의견은 제각기 달랐고 좀처럼 합의되지 않았다. 끝날 줄 모르는 논쟁은 언제나 팀장님에 의해 정리되었다. 팀장님의 중재는 양측의 의견 모두 일리 있다고 인정하는 데에서 시작된다. 번갈아가며 발언을 청취한 후엔 항상 같은 문장으로 마무리된다.

'이론을 맹신하는 사람은 답을 낼 자격이 없다. 작은 재조차도 어디로 날아갈지 예측 못 하는 게 현대 과학인데, 감히 불덩어리를 예측할 수 있겠는가. 현장을 직접 보고 느낀 사람만이 답을 안다. 현장에서 무엇이 최선인지 잘 판단하지 못할까 걱정하지 않아도 된다. 판단은 내가 한다. 그로 인한 모든 책임은 내게 있다. 그게 지휘관인 내 존재의 이유 아니겠는가.'

한적한 부둣가에 화재 신고가 들어온 적이 있다. 선착장의 배에서 불길이 보인다는 신고 내용이었다. 새벽 2시의 어두운 밤이었지만 멀리서 보아도 검은 연기가 매섭게 올라오고 있었다. 차로 최대한 들어간 후에 비탈길을 따라 200m가량 호스를 전개했다.

정작 선착대는 먼발치에서 불길을 바라볼 수밖에 없었다. 방수압⁴을 아무리 높여도, 방파제에까지 내려가 보아도 선박까지의 거리가 멀어 물이 화점에 닿지 못했다. 선박에 묶어 둔 줄을 다 같이 당겨보았지만, 어느 정도 다가오다 제자리로 돌아갔다. 닻을 여러 개 내린 것 같았다. 진압이 늦어지는 가운데 상황이 악화될 요인이 많았다. 바로 옆에 다른 선박들이 계류되어 있어 불길이 번질 수 있었고, 바닷바람이 강하게 불어 비화로 인한 화재 확대도 우려되었다.

팀장님은 무전기를 잡고 차분히 지령을 내렸다. 우선 불길이 줄어들 때까지 연소 확대 방지에 주력하는 것을 첫 목표로 잡았다. 이와 동시에 해경에 협조를 요청했다. 그는 동력 펌프를 들고 해경 배에 올라탔다. 가까이에서 불을 어느 정도 잡으면, 구조정으로 선박을 밀어 방파제에 갖다 붙이는 작전이었다. 그는 결심한 듯 닻줄 하나를 끊었다.

계획은 성공적이었다. 화재 선박은 안전히 거리가 좁혀졌고 소화수가 닿기 시작했다. 선박 중앙부는 유류가 적재되었는지 쉽게 진화되지 않았다. 팀장님은 무전기를 통해 폼 방사 지령을 내렸고 거짓말처럼 불은 수그러들었다. 마침내 진화되고 선박 내부 진입을 시도할 수 있게 되었다. 당직

관의 도착으로 지휘권이 인계되자, 팀장님은 관창[5] 을 들고 가장 먼저 선박에 올랐다. 자신이 방수할 테니 해경분들은 연기 나는 부분을 장대로 들쑤셔주면 감사하겠다는 부탁을 하셨다. 진두지휘라는 게 이런 건가 싶었다.

귀소해서 다 같이 펌프차에 물을 채울 때에도 몸소 움직이셨다. 지시만 내리고 먼저 돌아가는 지휘관이 아니었다. 호스를 다 정리하니 오전 7시가 되어있었고, 아침은 라면으로 대체하기로 했다. 팀장님은 지친 기색 하나 없이 현장 활동에 대한 소감을 이어 나갔다. 지위를 이용한 잔소리가 아닌, 지휘와 함께한 피드백이었다. 자신이 느낀 감정을 말하기 전에 상대의 감정에 공감을 표했다. 잘못은 꼬집지 않고 어루만져 주었다. 설거지는 저희가 하겠으니 들어가셔도 된다 했더니, 잠시 뒤 콜라와 사이다를 사 오셨다. 정작 팀장님은 건강 생각해서 탄산음료를 안 드시는데 말이다.

제천 화재 사고 당시 소방관들의 대처를 강하게 비판하는 사람들이 있다. 2층에 구조 인원이 있었는데 2층 진입이 왜 최우선순위가 아니었느냐가 그 이유였다. 화재 출동을 하면 인명 구조 못지않게 강조되는 것이 연소 확대 방지이다. 이미 발생한 사건에 대해서 조금이라도 인명 피해를 줄여야 한다. 현장에 도착한 선착대가 LPG 가스통에 연소 확대 방지에 주력한 것도 이 때문일 것이다. 가스통의 안전밸브에 수많은 사람들의 목숨을 걸었다간, 98년도 부천 LPG 폭발사고와 17년도 경기도 광주 가스탱크 폭발 사고와 같은 일이 벌어졌을지 모른다.

4 소화용수가 방출될 때의 압력
5 호스 끝에 연결하는 방수 상태 조절 기구. 노즐이라고도 한다.

CCTV로 공개된 제천 화재 참사 영상을 꼬집는 사람들도 있었다. 긴박한 상황에 건물 밖에서 여기저기 돌아다니기만 하는 소방관이 있다는 게 그 이유였다. 그 사람은 현장을 직접 보고 느끼는 사람이다. 모두가 현장 속으로 뛰어들 순 없다. 내외의 상황을 지켜보고 분석해 무전으로 지령을 내리는 것이 꼭 필요하다.

그의 지휘가 옳았는지 틀렸는지 우리는 알 수 없다. 아무리 계산기를 두들겨도, 국내외 최고의 석학을 모셔와도 옳고 그름을 판단하지 못할 것이다. 다만 그들은 자신의 판단에 책임을 져야 한다. 그게 그들이 지휘봉을 잡은 이유이자 존재의 이유 아닐까 싶다.

선박 화재 - 지휘 ───────────────────────────
· 지휘관은 현장이 잘 보이는 위치에서 정보수집, 진압대 통솔, 추가 지원 요청 등을 하는 소방관입니다.
· 화재 대응은 상황에 따라, 신속한 문제 해결을 위한 공격 전략과 화재 확산 방지에 주력하는 방어 전략으로 나뉩니다.
· 포 소화약제는 포 용액과 물 혼합액 속에 기체 방울이 들어 있는 약제로 소화력이 뛰어나며, 마요네즈를 이용해 식용유 화재를 진압하는 것도 같은 원리입니다.

81

16

저혈당
다이어트

고등학교 때부터 연락을 이어온 친구에게 생일 선물을 받았다. 몸짱 소방관 희망 나눔 달력. 현직 소방관들이 모델로 나온 이 달력은 작년에 11,000부가 판매될 정도로 인기가 많았다. 게다가 판매 수익금으로 총 30명의 화상환자에게 1억여 원의 치료비를 전달했다는 사실이 알려지면서 세간의 주목을 받기 시작했다. '여기 나온 소방관들은 몸이 이렇게나 좋은데, 네 몸은 안녕하니?' 하고 묻는 친구의 얼굴이 떠올랐다.

친구의 도발에 자극받아, 운동의 강도를 높이기로 마음먹었다. 유산소 운동도 섞는 것은 물론이고, 식단도 조절하기 시작했다. 군것질과 야식을 줄이니 몸이 조금씩 가벼워짐을 느꼈다. 금방 지쳤던 팔굽혀펴기도 금세 소방학교에서의 실력을 되찾았다. 회식 자리에서도 식사를 먼저 해서 안주를 덜 먹고, 건강을 핑계로 술을 줄였다. 군살이 줄어들긴 했지만, 운동 후 피곤함은 쉽게 가시지 않았다. 주변에서도 너무 무리하는 것 아니냐며 걱정을 했다. 극단적인 식단 조절의 문제점은 나도 잘 알고 있었다.

구급차를 이제 막 타기 시작하던 당시에 가장 의아했던 출동장소는 바로 수영장이었다. 운동을 꾸준히 하는 사람이 모인 곳일 텐데도, 어지럼증 (dizziness)을 호소하거나 쓰러지는 환자가 많았다. 현장에 도착해 혈압(BP)과 산소포화도를 확인해도 모두 정상이다. 혹시나 하는 마음에 손가락 끝을 따서 혈당(BS)을 체크하면 대부분 답이 나온다. 저혈당(hypoglycemia). 하이포 라고도 불리는데, 주 에너지원인 포도당이 부족해 신체 기능이 감소하는 현상이다.

우리 몸의 여러 곳이 포도당을 요구하는 만큼, 저혈당의 증상도 매우 다양하다. 가장 심한 경우엔 의식을 잃을 수도 있다. 이 경우 환자의 정맥을 통해 포도당을 주사하고, 10분 후면 아주 조금씩 의식을 회복한다. 혼수상태에서 깨어나는 어르신들을 보면 어린아이 같은 느낌을 받는다. 처음에는 눈을 마주치고 고개만 끄덕이다가, 점차 입을 열기 시작한다. 예, 아니요로 단답을 하다가도 50% 용액이 다 들어갈 즈음에는 단어 수준의 대화가 가능해진다.

사실 이처럼 의식상실(LOC)을 겪는 저혈당 환자보다는 일반인도 처치 가능한 저혈당 환자가 많다. 최강 한파를 기록한 지난 주말, 학생이 어지럼증을 호소한다는 신고를 받고 인근 화장품 가게로 향했다. 가게에 들어서자 하얀 롱 패딩을 입은 여학생이 보였다. 혈당을 체크하니 역시나 저혈당이었다. 하지만 주사가 필요할 정도로 심각한 수치는 아니었다. 주머니에 손을 넣어 아까 챙겨 온 초콜릿을 학생에게 건넸다. 단 것을 좋아하는 편은 아니지만, 이른 아침에는 공복으로 인한 저혈당 환자가 많기에 항시 챙겨

둔다. 병원에 이송하면서 들은 얘기로는 내일 남자 친구 만나는 날이라 요근래 밥을 굶고 있었다고 했다.

러닝머신을 뛰면서 가끔 어지러울 때가 있다. 그럴 때마다 과연 혈당이 몇 mg/dL까지 떨어졌을까 궁금하긴 하다. 이상적인 몸매를 위해 식단을 조절하고, 건강을 위해 운동을 하지만 오히려 건강을 망칠 수도 있는 아이러니한 상황인 것이다. 몸짱이 되어 사진을 찍는 것도 좋지만, 그전에 자신의 몸을 사랑하고 아끼는 것이 중요하다고 합리화하면서 오늘도 어김없이 치킨을 시켰다.

저혈당-다이어트 ──────────────────────────────
· 단순당 15~20g에 해당하는 저혈당 응급 식품으로는 설탕 한 숟가락 또는 요구르트 한 개 또는 사탕 3개 등이 있습니다.
· 음식물 섭취 감소나 신체활동의 급격한 증가로 인해 저혈당이 나타날 수 있으며, 식은땀과 분당 150회 이상의 빈맥을 동반합니다.
· 저혈당 환자가 오래 방치될 경우 뇌졸중 같은 뇌 기능 마비로 이어질 수 있으며, 발음이 어눌해지거나 양팔을 들어 올리지 못하는 등의 증상을 보입니다.

17
위치 확인
한파

올겨울 최강 한파라는 지난주 뉴스가 무색하게, 또다시 최저기온을 갱신했다. 영하로 내려가는 일이 거의 없던 따뜻한 지역이라, 이번 한파에 정신을 못 차리고 있다. 야간 출동을 나갈 때엔 장갑과 귀마개, 스카프까지 중무장을 해야 겨우 감기를 물리칠 수 있다. 잦아지는 출동은 기록적인 추위를 실감하게 한다. 밤사이 내린 눈에 차량은 제 몸 못 가누고, 빙판에 미끄러지는 환자가 급증했다.

덩달아 급수지원 출동도 늘었다. 유치원부터 시장까지 여기저기서 수도관이 터졌다는 신고가 들어온다. 날이 어찌나 추운지 소방호스가 얼어붙어 잘 펴지지 않는다. 평소보다 무거운 호스를 대야 앞까지 끌고 가, 관창을 담그고 물을 틀었다. 안에 들어와 과일이라도 먹고 가라는 유치원 원장님의 말에 혹하기도 했지만, 혹시 모를 화재 출동에 대비해 신속히 물을 채워주고 귀소했다.

소방서에 도착하기 무섭게 출동벨이 울렸다. 출동 지령서의 글씨가 콩알만 한 것을 보아하니, 경찰 요청사항인 것 같다. 위치 확인 출동. 쉽게 말하자면 미아 찾기 같은 출동이다. 흔한 출동은 아니다. 일반적으로 실종신고는 경찰에서 처리하지만, 실종자가 자살을 암시하거나 기타 위험 행동을 할 가능성이 있다면 구급대도 같이 출동하는 편이다.

실종자를 찾는 과정에서 구급대가 할 수 있는 일은 크게 제한되어 있다. 경찰의 경우 휴대전화 GPS를 이용한 위치추적을 하거나 전단 배포 등의 선택지가 많다. 하지만 구급대는 지령서에 적힌 간단한 인상착의만 들고, 전 지역을 돌아다니는 수밖에 없다. 78세 여성에 흰 파마머리, 13시, 시장에서 실종, 갈색 조끼에, 검은 바지라는 흔하디흔한 정보는 큰 도움이 되지 못했다. 신고자가 멀지 않은 시장에 있다는 무선을 듣고 직접 만나서 물어보기로 했다.

신고자는 실종자의 아들이었다. 발을 동동 구르는 신고자를 진정시키고 구급차 조수석에 태웠다. 어머니 허리가 약간 굽었고, 얼마 전부터 치매(dementia)를 앓고 있다고 했다. 치매 병력이 있다는 점에 착안하여, 평소에 자주 다니는 경로를 따라 가보았다. 서로 대화를 하고는 있지만 나와 신고자 모두 양옆을 두리번거리며 눈에 불을 켰다. 어머님은 '내가 얼른 죽어야지'라는 말씀을 자주 하셨다고 한다. 대한민국 어르신이라면 입에 달고 사는 말이긴 하지만, 치매 환자 혼자 다니는 것은 사고위험이 크다. 해가 저물어가고 있었기 때문에 기온이 더 낮아지기 전에 빨리 찾아야 했다.

극히 평범한 인상착의 때문에 무작정 찾아다니는 것은 무리가 있었다. 차를 갓길에 잠시 세우고 어머니가 어디로 갔을지 곰곰이 생각해보기로 했다. 수색 장소를 추려내는 데에 있어서 가장 도움이 되는 것은 실종 전후의 상황을 분석하는 것이다. 신고자에게 물었더니 어머니는 최근 자신이 치매를 겪고 있다는 사실을 알고 우울해하셨다고 말했다. 그 말을 듣고 어머님이 가고 싶어 했던 곳이 있는지 물었다. 단순한 논리이지만, 우울한 마음에 대한 방어기제로 집을 나섰을 것 같았다. 치매 진단 후 항상 동행이 필요했던 어머님은 한동안 가지 못했던 산에 가고 싶어 했다고 신고자는 답했다.

집 뒤편의 산으로 발걸음을 옮겼으나, 내 추측은 보란 듯이 빗나갔다. 호호 손을 불며 산을 오르던 참에, 요구조자를 발견했다는 무전이 들려왔다. 2시간 만에 발견된 장소는 바로 집이었다. 집에서 경찰 한 명이 기다리고 있던 게 좋은 한 수였다. 얇은 옷차림의 신고내용과 달리, 단단히 챙겨입었던 어머님의 체온[BT]은 다행히 정상이었다. 집에 들어선 어머님은 경찰을 보고 소스라치게 놀랐다고 한다. 경찰이 자초지종을 설명하자, 잠깐 마트에 다녀왔다고 했다. 아들은 어머니를 보자마자 앞으로는 꼭 하고 다니라고 손에 치매 목걸이를 쥐여드렸다. 그러자 어머니는 소스라치게 놀랐다.

"뉘신데 이런 걸 준대요?"

유난히 바람이 찬 하루였다. 마음속에 무엇인가 터져버린 기분이었다. 걷잡을 수 없이 흘러나오는 아픈 생각은 막을 새도 없이 빠르게 얼어붙었다.

위치 확인-한파 ────────────────────────────

·겨울철 찬 공기는 동맥 수축과 혈압 상승을 초래하고, 이로 인해 심장의 부담을 키우면서 심장 질환을 유발할 수 있습니다.
·저체온증 환자의 경우, 따뜻한 물을 병에 담고 수건으로 감싸 겨드랑이와 사타구니에 대줍니다.
·동상 환자의 경우, 찬 장갑이나 양말을 제거해 혈액 순환을 돕고, 체온과 비슷한 온도의 물에 동상 부위를 담가줍니다.

18

목맴
대설

고등학교 합동소방훈련. 벨이 요란하게 울리자 교복 차림의 학생들이 줄지어 내려온다. 대피로를 안내하는 내가 다 무안할 정도로 학생들은 반응이 없었다. 높은 학구열을 자랑하는 학교인 데다가 시험이 얼마 남지 않은 만큼, 합동소방훈련을 단지 시간 뺏는 존재로 여기는 것 같았다. 잠깐이라도 시간을 아끼려, 피난처에 쭈그려 앉아 영단어 책을 보는 학생도 있다. 빨간 신호탄이 터지든, 하얀 소화분말이 나오든, 훈련 내내 그 학생의 시선은 책에 꽂혀 있었다. '성적에 목매지 말고 훈련에 집중하자'는 말을 건네고 싶었지만 찬 바람에 얼어붙었던 입은 쉽게 열리지 않았다.

눈이 펑펑 오던 밤. 그날은 대설(大雪)이라는 절기에 걸맞은 날씨였다. 밤새 쌓인 눈에 신발이 푹푹 빠지지만 이유 모를 포근함에 기분이 좋았다. 신고가 들어온 곳은 멀지 않았지만, 길이 험했다. 바퀴에 체인을 걸었음에도 몇 번은 헛돌았다. 비포장도로를 지나고 지나 소방서 인근의 산 중턱에 도착했다. 나무 사이로 올려다본 밤하늘에선 별빛이 쏟아져 내렸고, 숲속엔 자박자박 발소리만 울려 퍼졌다. 눈에 반사된 달빛이 어스름하게 집을 비추었다. 가정집이라기보다는 산장 펜션 같은 고급스러운 분위기를 풍기는 목조 건물 하나가 서 있었다.

체인 푸는 소리가 들리더니, 술에 취한 중년 남성이 벌컥 문을 열어주었다. 아무것도 모르는, 정확히는 어떤 것도 알고 싶어 하지 않는 눈빛이었다. 대답 없는 남자를 거실 소파에 앉히고, 집 안을 둘러보았다. 꿈에 그리던 탁 트인 복층 건물. 연갈색의 목재 벽면과 잘 어울리는 원목 가구들이 가득했다. 사슴 머리 헌팅 트로피는 빈티지한 매력이 있었고, 캔들 홀더는 북유럽풍의 탁자와 잘 어울렸다. 흔들의자 뒤로 보이는 벽난로는 사용한 지 꽤 되어 보였지만, 나름의 분위기가 있었다. 보름 후 찾아올 크리스마스엔 이 집이 어떻게 꾸며질지 기대가 되었다.

그새 곯아떨어진 남자와는 대화가 통하지 않았다. 환자를 찾아 집 안을 뒤지기 시작했다. 2층으로 향하는 계단을 오르며 면장갑을 꼈다. 냄새를 맡았기 때문이다. 활짝 열린 두 방의 문과 달리, 닫혀 있는 방문이 눈에 들어왔다. 손잡이를 돌렸지만 문이 열리지 않았다. 좀 더 세게 밀어보았지만 찰랑거리는 체인 소리만 들릴 뿐, 문은 꿈쩍도 하지 않았다. 뒤돌아 거실의 남성에게 방 열쇠 가지고 있느냐고 물었다. 남자는 다가오라는 듯이 손을 휘휘 저었다. 동료 대원이 계단을 내려가려는데 남자가 '당겨요'라고 말했다. 미는 게 아니라 당겨야 열리는 문이었던 것이다.

문을 당기는데, 보통 문과 다름을 느꼈다. 묵직했다. 살짝 열린 틈으로 어둑한 방안을 살폈다. 천장 가까이 달린 창문으로 휘휘 바람이 들이쳐 커튼이 요란하게 펄럭였다. 체인이 걸려있나 확인하려 문으로 시선을 돌린 순간, 나도 모르게 소리를 질렀다. 애초에 대문도 아니고 방문에 체인이 있을 리가 없었다. 당긴 손잡이 아래로 체인이 팽팽하게 걸려있었다. 체인을 따라가던 시선이 멈춘 곳엔 한 학생이 엎드려 있었다. 정확히 말하자면 엎드려 있진 않았다. 붕 떠 있는 상반신과 달리 머리와 두 팔은 바닥을 향해 축 늘어져 있었고, 하반신은 완전히 바닥에 닿아 있었다. 문고리에 목을 매 자살한 것이다.

천장이나 높은 곳에 줄을 걸고 목을 매는 환자들 대부분은 저산소증으로 인해 질식사하고 만다. 5kg의 하중만 있어도 뇌로 가는 산소가 차단되는데, 몸무게만큼의 하중이 작용되면 살 턱이 없다. 학생은 문고리 정도의 높이만 돼도 충분하다는 것을 알고 있었나 보다. 고통에 스스로 체인을 풀까 염려하여 자신의 손과 발을 케이블 타이로 미리 묶어 둔 모습은 섬뜩하기까지 했다. 방 안으로 들어가려 손잡이를 당기는데 학생이 그대로 쓸려 나왔다.

최소한의 틈만 확보해 방 안으로 들어갔다. 아까 맡은 냄새는 목을 매면서 나온 배설물 냄새였다. 심폐소생술 유보 판정을 위해 학생의 목에 감긴 체인을 풀었다. 혀가 길게 튀어나와 있었고, 턱은 딱딱하게 굳어 있었다. AED가 상황을 기록하는 동안, 방안을 둘러보았다. 사방이 책으로 가득했다. 공부를 열심히 하나 보다. 아까 봤던 창문이 높았던 건 빼곡한 책장 때문이었다. 이 많은 책장이 모두 교과서와 참고서로 채워져 있는 게 안타까웠다. 패드를 떼고 일어나는데 방 한쪽 구석의 책상에 눈길이 갔다. 얇게 비치는 그믐 달빛 아래 종이 한 장이 놓여있었다. 학생이 쓴 편지였다. 곳곳에 눈물 자국이 선명했다.

"아빠. 태어나서 아빠에게 처음 쓰는 편지가 이런 편지라서 죄송해요. 저는 너무 부족한 사람인 것 같아요. 아빠가 가진 머리를 왜 나는 받지 못한 걸까요. 도망간 엄마 머리가 너무 나빴던 걸까요. 공부가 너무 힘들어요. 아무리 책을 봐도 글자가 안 읽혀요. 미칠 것 같아요. 밖에 나가서 축구도 하고 친구들이랑 놀고 싶은데, 너무 미안해서 놀고 싶다고 말을 못 하겠어요. 수능 잘 봤다고 한 거 다 거짓말이에요. 시험장에 들어갔다가 1교시 끝나기도 전에 나왔어요. 숨이 막혀서 시험지를 던져버렸어요. 아빠가 원하던 경영학과에 못 갈 것 같아요. 아빠 회사를 물려받을 자격도 없겠죠. 사는 게 너무 힘들어요. 그래도 하고 싶은 말은 해야 할 것 같아서, 이렇게 편지 써요. 아빠. 정말 사랑해요. 아빠는 담배도 안 피우고, 술도 일절 입에 안 대는 정말 멋진 아빠예요. 아빠가 제 아빠라서 너무 고마웠어요. 다음에는 제가 꼭 아빠의 아빠로 태어나서, 행복하게 해 줄게요. 저는 먼저 올라가서 그날만 기다릴게요. 사랑했어요."

문을 열고 나오자, 별은 온데간데없고 벌써 저만치 불그스름한 수평선이 보였다. 나무 위에 쌓인 눈은 무게를 못 이겨 소복소복 땅으로 떨어지고 있었다.

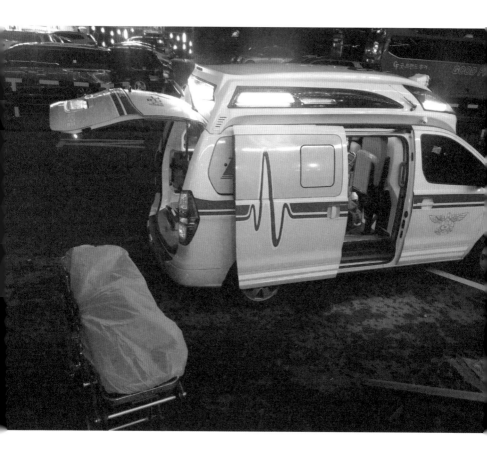

목맴 - 대설 ────────

· 블랙아이스란 도로 위에 형성된 얇은 얼음 막에 먼지 등이 달라붙어 검은색 아스팔트처럼 보이는 현상을 일컫는 용어로, 사고 방지를 위해선 안전거리 확보와 스노체인 착용이 중요합니다.

· 사후강직은 턱이나 목 관절 같은 소근육부터 시작되어 몸 전체에 걸쳐 굳는 것을 말하며, 대광반사[1] 소실이나 시반[2](livor mortis)과 함께 심폐소생술 유보에 결정적인 지표로 사용됩니다.

· 당신은 그 존재만으로도 아름답고 가치 있는 사람입니다.

1 빛이 눈 안에 들어오면 동공이 작아지는 반응. 중뇌 손상 여부를 판단하는 지표 중 하나이다.
2 심정지 후 혈액 속의 적혈구가 중력에 의해 가라앉아 생기는 자줏빛의 반점. 일산화탄소 중독이나 동사의 경우 선홍색을 띤다.

19

투신

효

풀린 날씨에 힘입어 모처럼 소화전 점검을 하고 소방서로 돌아왔다. 명절을 앞두고 뉴스에선 일제히 고속도로 교통상황을 중계하고 있었다. 나역시 매년 막막한 귀향길에 피곤해하지만, 올해 설은 달랐다. 설 연휴 3일모두 낮에 근무하게 된 것이다. 찾아뵙지 못해 죄송하다는 말을 하고 동생에게 내 몫까지 잘 부탁한다고 전했다. 도로 정체를 피했다고 마냥 좋아할수는 없다. 명절에는 출동이 많다는 게 정설이다. 명절 음식을 잘못 먹었다든지, 집에 왔더니 부모님이 쓰러져 계신다든지 이유는 많다. 친척들 간의 주먹다짐 신고는 없으면 서운할 정도이다.

작년 설 연휴 마지막 날, 인근 주공아파트로 출동을 나갔다. 아파트 인도에 중년 남성이 쓰러져 있다는 신고였다. 명절임을 느끼게 해줄 만큼 주차장에 차들이 빼곡했다. 겨우 신고지점에 도착하자마자, 심정지 상황이라는 추가 접보가 들어왔다. 경비 아저씨의 도움을 받아 환자가 있다는 아파트 라인에 다다랐다. 심심한 명절, 좋은 구경거리라도 생긴 듯 주민들이 가득했다. 가슴 압박을 하고 있던 다른 경비분의 뒤를 이어 압박을 계속

했다. 겉보기에 다른 상처는 없었지만, 양쪽 귀에서 피가 흘러나오고 있었다. 심정지에 의한 쓰러짐은 아니라 생각했다.

외상 확인을 위해 머리부터 발끝까지 짚어보았다. 오른쪽 무릎이 뒤틀려 심하게 부어 있었다. 가슴 압박을 하며 신고자와 대화를 했다. 전을 다부치고 딸과 산책하던 중, 쿵 소리를 듣고 뒤돌아봤다고 했다. 둘러보니 나무엔 환자의 것으로 추정되는 파란 슬리퍼 한 짝이 걸려있었다. 나머지 한 짝은 어디로 갔는지 의아했다.

정신 차리고 보호자를 불러보았다. 병원에서의 정확한 처치를 위해선 환자의 과거 병력이나 현재 복용 중인 약에 대해 물을 필요가 있었다. 하지만 애타게 불러도 나오는 사람이 없었다. 이렇게 많은 사람들 중에 보호자가 없는 게 더 이상했다. 잠시 뒤, 한 무리가 서로 삿대질을 하며 언성을 높이자 현장은 어수선해졌다. 병원 이송을 결정하고 환자를 들것에 올렸다. 구급차까지 옮기는 중에도 주먹으로 심장을 계속 내리쳤다.

명절의 정신없는 응급실에 인계를 마치고 나오는데, 아까 현장에서 싸우던 세 사람이 보였다. 그 옆엔 경찰과 대화 중인 중년 여성이 서 있었다. 경찰은 이들이 보호자라고 했다. 오가는 말을 조용히 들어보니 경찰의 말이 맞았다. 단지 아들딸들이 할 말인가 싶었다. '그러게 내가 자살도 포함하는 보험으로 가자고 그러지 않았느냐'부터 시작해서 '발인은 최대한 빨리하자'까지. 현장에서 본 그 다툼은 환자와 무관한 것이 아니었다. 보호자로서의 번거로움을 서로 피하려 언성을 높였을 것이다.

눈물범벅이 된 중년 여성은 환자의 아내였다. 다른 말 않고 '우리 아저씨는 그런 짓 할 사람이 아니다'라고 경찰에게 하소연을 했다. 하지만 경찰은 '12층 위 옥상에 남편분 슬리퍼 한 짝이 있었다'며 추가 수사 가능성을 일단락했다. 위로의 말을 건네고 구급차에 오르는 우리에게, 아들딸들은 고생하셨다며 미소로 배웅했다. 소방서로 돌아가는 길은 여느 명절 때와 다름없이 답답할 정도로 막혔다.

외상으로 인한 심정지가 대부분 그렇듯 환자는 끝내 되살아나지 못했다. 그 자식들은 다음 명절 때 어머니를 찾아뵐까 하는 생각이 들었다. 괜스레 화가 났지만, 기분 나빴던 그 미소를 욕할 자격이 내겐 없다. 나라고 뭐 그리 대단한 효자인가 하는 생각이 들었기 때문이다. 어쩌면 명절에도 찾아뵙지 못하는 나보다, 시도 때도 없이 잘 지내냐고 물었던 그들이 더 효자일지도 모른다.

투신-효 ————————————————
· 1m 이상 또는 5계단 이상 높이의 낙상은 척추 고정이 필요합니다.
· 목격자가 심정지를 목격 후 바로 심폐소생술을 시행한다면 생존율은 50% 이상으로 크게 상승하게 됩니다.
· 현장에서 순수한 소생술은 5분 이상 진행되어야 하며, 이송 및 준비 시간은 제외됩니다.

20
산불
지원

눈길을 사로잡는 외국 영화가 있어 시간을 쪼개 영화관을 찾았다. 제목은 〈온리 더 브레이브〉. '용감한 그들'이라고 해석하면 좋을 것 같다. 산불을 진화하다 순직한 19명의 소방관을 그린 영화이다. 미국 교환학생으로 있었던 애리조나 주의 이야기라서 더 정이 갔다. '화염 속에서 뛰쳐나오는 곰'. 영화 〈온리 더 브레이브〉에서 산불을 묘사한 대사이다. 산불의 무서움을 잘 표현해주는 문장이 아닌가 싶다. '뛰쳐나오는'은 순식간에 옮겨붙는 무서운 속도를, '곰'은 불의 잔혹성과 파괴력을 말해주는 것 같다.

겨울을 떠나보내는 요즘, 시골에선 여기저기서 화재 오인신고가 들어온다. 언 땅 녹이고 새순 돋우려 밭 태우는 농민들이 많기 때문이다. 하지만 칼바람 부는 건조한 겨울 날씨에 힘입은 불은 자신을 주체하지 못하고 멋대로 나부낀다. 나름 안전을 위해 물을 미리 준비해두는 사람이 있지만 역부족이다.

밭두렁 소각을 하다 산으로 옮겨붙었다는 신고를 받고 출동에 임한 적이 있다. 선착대는 높은 곳으로 불이 확대되지 않게 최선을 다하고 있었다.

선착대 차량에 급수지원을 마치고, 운전원과 함께 산불 진화용 호스를 쥐고 산을 뛰어올랐다. 소방학교에서 아침마다 산악 구보를 시킨 이유를 알 것 같다. 목표는 단 하나이다. 정상에 올라 비화(飛火) 여부를 판단하는 것.

'뛰는 사람 위에 나는 불씨 있다.'

화재 현장에만 집중하다간 다른 곳에 옮겨붙은 불을 놓칠 수 있다. 위에서 내려다본 산불은 재앙 같았다. 마치 폭탄이 떨어진 듯, 산들이 타들어가고 있었다. 나무들이 하나둘 쓰러지며 격한 소리를 내는데, 마치 비명을 지르는 것 같았다. 아름다운 경치의 순수한 미는 온데간데없었다.

옮겨붙은 불은 없었지만 바람이 여전했던 탓에 방심할 수 없었다. 굳이 바람 없어도 확대될 수 있을 만큼 탈 재료가 많은 곳이 산이다. 불이 수그러들지 않고 스멀스멀 올라오면, 건재한 나무를 미리 제거하는 준비를 해야 한다. 배수의 진을 치는 것처럼 더 이상 불이 진행되지 못하게 나름의 경계선을 긋고 지원군을 기다리는 것이다. 다행히 산림청 헬기는 신속히 현장에 도착해주었다. 밤비 버킷(Bambi bucket)을 내리자 건조하던 산에 비가 내렸다. 가랑비 같기도 소나기 같기도 한 물방울은 불의 갈증을 삭이고 하늘로 돌아갔다.

국내에서도 소방의 이야기를 담은 영화가 종종 출시되고 있다. 〈반창꼬〉, 〈타워〉, 〈터널〉, 그리고 많은 이들을 울린 〈신과 함께〉까지. 영화 평점이나 출연진에 상관없이 소방 관련 영화는 챙겨보려 노력하고 있다. 세상에 소개된다는 것이 감사하기만 하다. 히어로 영화의 주인공들처럼 초능력을 가지고 있진 않지만, 초라한 힘이라도 재앙을 맞서는 데에 보태는 사람이 있음을 알려주니 감사하기만 하다.

·입산 시 인화 물질을 휴대할 경우 산림보호법 시행령 제36조에 따라 30만 원 이하의 과태료가 부과될 수 있습니다.
·산에 고립된 상황에서 불길이 다가오면, 산불 구역보다 낮은 저지대나 개울가로 대피하여야 합니다.
·소화기에서 안전핀을 뺄 때는 소화기 몸체를 잡고 빼야 하며, 당황해 손잡이를 잡은 상태에서 안전핀을 빼려고 하면 잘 빠지지 않습니다.

봄

21
과호흡
숨을 쉬다

소방서의 막내인 나는 대부분의 잡일을 도맡아 한다. 밥을 짓고, 반찬을 하고, 쓰레기통을 비우고, 마트 심부름을 하고. 시키지 않은 일이라도, 좋은 인상을 심어 주기 위해 한 시 먼저 움직인다. 이곳저곳 다니다 보면 목마른 벼처럼 축 늘어진다. 이렇게 바쁜 나를 격려하고 도와주시는 선배가 소방서를 떠난다는 소식을 들었다. 지난달에 승진을 하셨다는 게 그 이유다. 승진하실 당시엔 '역시 하늘도 마음 착한 사람을 알아보는구나'라고 생각하며 내 일같이 기뻐했다. 하지만 좋은 사람을 떠나보내야 하는 날이 되자 걱정이 가득했다. 선배도 내 마음을 읽었는지 저녁에 나를 불러다 뒤뜰 벤치에 앉혔다. 늘 피우시던 담배를 꺼내며, 함께했던 옛이야기를 꺼냈다.

찬 기운 가시고 따뜻한 내음 올라오는 봄날이었다. 출동 장소는 소방서 인근의 한 기차역이었다. **과호흡**(hyperventilation) 환자. 생소한 병명이지만, 말 그대로 호흡을 과하게 하는 증상이다. 명확히 밝혀진 것은 없으나 대부분 강한 정신적인 충격이 원인이다. 의식이 흐려지는 경우도 있으나, 보통 생명에 지장을 주지 않는 선에서 끝난다. 환자는 기차 안에 있으며, 환자와 통화를 하던 신고자는 기차역에서 기다리고 있다고 한다.

퇴근 시간의 역은 언제나 사람들로 붐볐다. 들것을 챙겨 올라가는데 발디딜 틈이 없다. 다들 바쁜 일 가득한 차가운 표정으로 빠르게 앞질러 간다. 엘리베이터에 들것을 넣으려는데 아무도 자신의 공간을 양보하지 않았다. 어쩔 수 없이 선배에게 들것을 맡기고 나는 걸어서 올라갔다. 플랫폼에 도착하자마자 기차가 들어섰다.

신고자인 남자 친구와 함께 8-2 칸에 들것을 놓고 기차가 멈추길 기다렸다. 출입문이 열렸으나 아무도 내리지 않았다. 남자는 휴대폰을 귀에 댄 채로 여자 친구를 찾으러 들어갔다. 그의 발걸음은 급하지 않고 매우 침착했다. 뒤따라 들어가려는데 옆 칸인 8-3에서 젊은 여성 한 분이 내렸다. 굽어진 등을 보니 우리가 찾던 환자인 것 같았다. 억울한 듯이 거칠게 내쉬는 숨, 순간적인 마비로 인해 구부정해진 몸, 그렁그렁 맺힌 눈물. 그나마 다행인 것은 일단 거동이 가능했다. 남자 친구와 부축하여 바로 앞의 대합실로 들어갔다. 앉아있던 사람들은 자리를 양보하기는커녕, 이상한 눈으로 환자를 쳐다보았다.

사실 과호흡 환자에게 구급대원이 할 일은 크게 없다. 몇 년 전까지만 해도 검은 비닐봉지를 입 주변에 갖다 대어 재호흡을 촉진하는 조치를 취했다. 하지만 이산화탄소 농도 조절 등 문제가 있다는 주장이 더러 제기되면서 지양하게 되었다. 단지 환자를 최대한 안정시키고, 숨을 깊고 천천히 쉬도록 설득하는 것이 할 수 있는 최선이었다. 당황할 법 하지만 남자 친구는 침착하게 우리를 도왔다. 그의 호흡은 정말 차분했다. 익숙한 듯 환자의 손을 감싸고 어깨를 토닥거리며, 천천히 눈을 맞췄다. 선배가 산소포화도와 혈압을 체크하는 동안, 환자의 과거 병력(history)을 조사했다. 공황장애를 겪어 약을 먹고 있다고 남자 친구가 대신 답했다. 그러곤 환자의 안정을 돕기 위해 대합실 내의 사람들에게 자리를 비켜 달라고 부탁했다. 몇 마디의 짜증과 함께 사람들이 모두 나가자, 대합실엔 그와 그녀의 호흡만 존재했다. 활력 징후가 모두 정상임을 확인한 후에, 나와 선배는 한 걸음 물러나 주었다. 시선을 거두고 먼 하늘을 바라보았다. 해는 이미 지고, 주황과 연분홍 사이 어딘가의 따뜻한 색을 띠고 있었다.

환자의 호흡은 서서히 돌아왔다. 마비되었던 손발도 천천히 돌아왔다. 단단하던 손을 놓지 않던 그의 체온이 잘 녹여 내었나 보다. 환자의 상태로 보아 병원 이송은 불필요한 것 같았다. 지금 서 있는 이 기차역에 저 둘만 남겨두고 조용히 나오고 싶었다. 둘만의 시간 속에 다음 기차를 기다린다. 그 어떤 특별한 말도 필요하지 않을 것이다. 그저 진심을 전할 두 손과 조용히 앉아 시간을 공유할 공간, 그리고 이들을 감싸 안아줄 따스한 풍경. 그거면 충분했다. 앞으로 어떤 고난들도 함께할 것 같은 한 쌍을 본 기분이었다. 선배도 나와 같은 생각을 했는지 내게 눈빛을 보냈고, 대합실 문에 메모를 남겨두고 조용히 나왔다. 아직 세상은 따뜻함을 느꼈다.

선배는 언제나 그랬듯 재떨이를 깨끗이 치우며 말했다.

"세상 참 바쁘게 돌아간다. 하고 싶은 일에 비해 해야 하는 일이 많고, 쉼 없이 계속 달리는 사람이 많다. 나도 그런 사람 중 하나였고, 그 탓에 이렇게 승진한다. 승진해 봤자 뭐하나, 좋았던 사람들과 인사해야 하는데.

너는 좀 천천히 걸으며 오랫동안 함께 해라. 소방관은 매일 연기 마시니 금연도 소용없다지만, 넌 담배 절대 피우지 마라."

입가에 미소가 번졌다. 세상 사람 모두 과호흡에 시달리고 있는지 모른다. 왜 갑자기 이러는지도 모르고, 그렇다 할 해결 방법도 없다. 너무 숨 가쁘게 움직인다. 필요한 것은 단 하나이다. 그와 손을 잡은 그녀처럼 마음의 안정을 취하고, 자신의 쉼, 자신의 숨을 되찾는 것. 숨을 쉬는(休) 것. 그거면 된다.

과호흡-숨을 쉬다

·과호흡 환자는 젊은 여성의 비율이 높고, 곁에 사람이 있을 때 일어나기 쉬운 편입니다.
·봉투를 이용한 재호흡 방법은 혈중 산소 분압을 감소시키므로 권고되지 않는 처치 방안입니다.
·호흡 곤란과 동시에 쌕쌕거리는 소리(천명음)가 난다면 천식일 가능성이 높습니다.

22
행정
침묵

연이은 출동 뒤 소방서로 돌아왔는데 외제 차 한 대가 차고를 막고 있었다. 소방서 양옆으로 여유로운 주차공간을 놔두고 왜 주차금지지역에 주차했는지 답답했다. 출동 걸렸는데 이렇게 차가 막고 있으면 아까운 시간이 낭비되는 것은 물론, 최악의 경우, 생명을 잃는 결과를 초래할 수도 있다. 다행히도 모두 출동을 나갔는지 차고는 비어 있었다.

구급차에서 내려 텅 빈 사무실에 들어가자 회색 정장을 차려입은 한 남성이 눈에 띄었다. 마치 자기 자리인 양 사무실 의자에 앉아 다리를 꼬고 있었다. 인기척을 느꼈을 법도 한데 일어나기는커녕, 눈길 한번 주지 않고 커피를 마셨다. 다른 한 손에 든 서류를 보아하니 민원인인 것 같았다.

무슨 일로 찾아오셨냐는 질문에 대뜸 화를 내기 시작했다. '내가 몇 분째 기다렸는지 아냐'부터 해서 '기다리게 만들 만큼 한가한 사람이 아니다'까지. 지금껏 봐온 민원인 중 단언컨대 가장 무례한 사람일 거라는 느낌이 들었다. 자초지종을 물은 결과, 소방시설 작동기능 점검 결과를 보고하러 오신 분이셨다. 서류를 보니 건물주 본인이 소방안전관리자인 케이스였다.

사실 그냥 두고 가도 될 정도로 간단한 서류였다. 그럼에도 불구하고 대부분의 경우 소방서에 미리 전화라도 해주고 찾아오신다. 황당함을 감추고 최대한 저자세로 민원인을 응대했다. 그럴수록 기세가 오른 민원인은 우리를 업신여겼다. '몸만 쓰는 니들이 이런 서류 보면 이해는 하냐', '요새 불도 잘 안 나던데 가만히 앉아서 나랏돈 받아먹는 기분이 어떠냐'. 새파랗게 젊은 사람 입에서 저런 말이 나오는 게 참 안타까웠다. 해주고 싶은 말이 목 끝까지 차올랐지만, 부득이하게 자리를 비워서 죄송하다는 사과 말씀을 드렸다. 굽신거리는 모습을 보고서야 기분이 풀린 듯, 민원인은 주차해둔 차를 끌고 멀리 사라졌다.

화가 날 만도 한데 다른 구급대원들은 태연하게 자리에 앉아 구급일지를 마저 기록했다. 매번 묵묵히 받아 주기만 하시는 모습이 야속하다 못해, 이젠 미울 정도였다. 놀고먹냐니. 건물의 소화 장비는 잘 작동하는지 점검하러 나가야 하고, 공공기관에서 화재 대피 훈련은 잘하고 있는지 확인도 해야 한다. 인근 학교로 구급 관련 교육을 나가야 하고, 위험물 제조소의 허가 관련 서류도 검토한다. 컴퓨터 모니터엔 언제나 엑셀 자료가 떠 있다. 다 나열하기 어려울 정도로 행정업무가 많은데 단순히 불 끄는 사람들로 치부되는 게 싫었다.

부과된 업무가 끝났다 해서 사무실에서 쉬기만 하는 것도 아니다. 소방설비기사나 화재감식평가기사 준비 등 소방에 대한 공부를 계속하기도 하고, 응급구조사 교육에 참여해 자신의 활동역량을 넓히는 데 힘쓰기도 한다. 과거 소방의 업무 영역이 좁았을 때에나 가능했던 얘기이지, 안전 의식이 넓어진 요즘 사무실에서 쉬는 것은 불가능에 가까워졌다. 이젠 목소리 높일 때 되지 않았냐고 구급대원에 물었다. 세상에 퍼진 오해를 푸는 게 미래의 소방관들을 위하고, 미래의 안전을 위한 길이라 생각했다. 구급대원은 일지를 다 쓴 듯 태블릿을 내려놓으며 대답하셨다.

"우리가 시위하러 나가면 불은 누가 끄냐? 가만히 있어 그냥. 시간이 해결해줄 거야. 이렇게 쌔빠지게 일하는데 안 나아지면 그게 이상한 거지."

행정-침묵

·도로교통법 제33조에 따라 소화전으로부터 5m 이내는 주차금지 구역이며, 위반 시 5만 원 이하의 과태료가 부과될 수 있습니다.
·응급상황 허위신고 후 구급차로 이송돼 해당 의료기관 진료를 받지 않을 경우, 119 구조구급에 관한 법률 제30조에 따라 2백만 원의 과태료가 부과될 수 있습니다.
·2018년 4월부터 소방관은 현장 출동뿐만 아니라 장비 조작훈련, 인명구조훈련, 응급처치 훈련, 위험예지훈련, SOP교육 등의 일과가 의무화되었으며, 일과 불이행은 문책 사유에 해당됩니다.

23

임부
벚꽃

따뜻한 녹차 한잔을 타서 소방서 뒤뜰 정자에 앉았다. 살랑이는 봄바람에 기분이 좋아진다. 한 모금 한 모금 사이로 꽃내음이 밀려온다. 봄이 오긴 왔나 보다. 여유로운 주말의 나른함이 얼었던 마음을 녹여내는 것 같다. 언제 왔는지 고양이 한 마리가 바닥에 등을 대고 누워 볕을 쬐고 있다. 아까 아파트 옥상에서 구조된 녀석인데 사람을 굉장히 좋아하는 것 같다. 떨어지는 벚꽃을 향해, 닿지도 않는 발을 휘휘 젓고 있다.

반쯤 마시고 거리가 좀 되는 원룸으로 구급 출동을 나갔다. 우리 관할은 아니지만 일단 차에 올랐다. 벚꽃 길이 유명해지면서 요즘 출동이 잦아진 지역이었다. 벚꽃. 순결이라는 꽃말이 잘 어울리는 하얀 꽃이다. 피어 있는 자체로도 아름답지만, 꽃이 지는 모습이 더 유명한 나무이다.

북적이는 거리를 지나 도착한 곳엔 남자 한 명이 발을 동동 구르고 있었다. 가까이 가서 확인하니 많아야 중학생 정도로 보였다. 타지 느낌이 물씬 나는 사투리를 쓰는 이 남자의 정체를 알 수 없었다. 임산부 복통 신고였기 때문이다. 임산부의 아들이라고 보기엔 너무 컸고, 이웃 주민이라고 보기엔 지나치게 불안해했다. 궁금함을 뒤로한 채 들것을 챙겨 환자가 있다는 3층으로 향했다.

원룸에 들어섬과 동시에 남학생의 정체를 알게 됐다. 남편이었다. 환자는 15살 정도의 어린 임산부였다. 좁디좁은 방안은 한마디로 난장판이었다. 쓰레기가 널브러져 있고 창문으로 들어온 벚꽃잎에 바닥은 발 디딜 틈 없었다. 한쪽 구석에선 고양이가 신문지를 사각사각 긁어 대고 있었다.

여학생은 배가 많이 부르진 않았지만 적어도 5개월 정도는 되어 보였다. 들것으로 옮기려 하자 복통을 호소하던 여학생은 소리를 질렀다. 병원에 안 간다는 게 그 이유였다. 임부 복통이 흔한 시기이긴 하지만 병원에서 검사받을 필요가 있어 보였다. 안절부절못하던 남학생은 환자를 업으려 했지만, 여학생은 쉽게 업히지 않았다. 남학생이 한발 물러서자 방안엔 고양이 소리만 남았다.

환자를 설득해 병원에 겨우 이송할 수 있었다. 남학생은 임신 3개월째라고 말했지만 실제론 더 되었을 것이다. 병원에 한 번도 가본 적이 없었기 때문이다. 열다섯이라는 어린 나이의 학생에게 병원은 무서운 존재였을 것이다. 낙인찍히듯 남겨지는 진료 기록과 사회의 차가운 시선이 두려웠을 것이다. 경제적인 어려움 역시 병원 진료에 악영향을 미쳤을 것이다. 학생들은 임신 소식을 듣고 집을 나와 타지에 원룸을 구했다고 한다. 가족을 뒤로하고 뛰쳐나온 그들에게 학교 중퇴는 아무것도 아니었다. 창문으로 날아든 벚꽃처럼 이곳에 내려앉은 그들에게 응원 한 마디 건네주었다.

소방서에 돌아오니 차는 누가 마셔버렸는지 비어 있었다. 찻잔을 치우려는데 바닥에 누워있던 고양이가 일어났다. 잠을 깨운 건 아닌가 미안했다. 언제쯤 주인이 나타날까 궁금해하던 찰나에 구조대원이 대답해주었다. 주인과 통화됐는데 키울 여건이 안 돼서 버린 거니, 안 돌려주셔도 된단다. 양육을 포기한 자에게 억지로 돌려줘도 잘 자라지 못할 것이다. 고양이는 자신이 버려졌다는 사실도 모르는 채 떨어지는 꽃잎을 잡으려 이리저리 뛰어다니고 있다.

임부 - 벚꽃 ──────────────────────────

· 임신 8주 전까지를 배아기(embryo)라고 하며, 이 시기에 장기의 90% 이상이 만들어집니다.
· 독거노인, 장애인 등 사회적 안전취약계층의 보다 나은 안전서비스 체계 구축을 위해, 환자 정보 전송 및 보호자 연락을 지원하는 U-119 안심콜 서비스가 운영되고 있습니다.
· 생활 속 안전 위험 요소를 손쉽게 제보할 수 있는 '안전신문고 앱'을 이용하면 스마트폰을 이용해 장소, 시간에 제약 없이 실시간으로 제보가 가능합니다.

24
동물 구조
권리

구조대 출동의 대부분을 차지하는 두 종류. 하나는 교통사고이고 나머지 하나는 동물 구조이다. 위험에 처한 동물을 구조하기도 하고, 반대로 위협을 주는 동물로부터 사람을 구조하기도 한다. 한 연예인 가족의 반려견이 사람을 문 것이 논란이 된 적이 있었다. 녹농균으로 인한 패혈증(sepsis)이 사인이었다. 쉽게 말하면 감염으로 인한 사망인데, 직접적인 원인이 연예인 가족의 반려견이었는지, 병원의 위생관리 부실이었는지 의견이 엇갈렸다. 어느 쪽이든, 구급대로서 안타까운 마음이 드는 건 매한가지이다.

사람이 개에 물렸다는 신고 외에도 다양한 동물구조 신고가 들어온다. 옆에서 듣는 구급대 입장에서는 황당한 경우가 더러 있었다. 고양이가 사람을 위협하고 있다는 신고가 들어와서 출동했더니, 보일러실에서 고양이 암수 한 쌍이 사랑을 나누고 있었다고 한다. 마땅한 방법이 생각나지 않았던 구조대원은 신고자에게 자초지종을 설명하고, 보일러실 불만 꺼주고 안전하게 귀소했다.

저수지에 아들이 빠졌다는 수난 구조 출동도 손에 꼽는 에피소드였다. 구조대가 부리나케 출동해 현장에 도착했는데 저수지에는 신고자로 보이는 아저씨만 앉아 있었다. 아드님은 어떻게 된 거냐고 묻자 바로 옆의 강아지를 가리켰다. 물에 빠졌던 아들은 바로, 신고자가 키우던 반려견이었던 것이다. 슈트를 입고 강아지를 건져내자 신고자는 난해한 요구를 했다. 빨리 입 대고 인공호흡을 해달라는 것이었다. 사무실에서 같이 이야기를 듣던 구급대원이 웃음을 터뜨렸다.

많은 이유로 심폐소생술을 할 수 없다고 구조대원은 침착하게 신고자를 설득했다. 입을 대고 하는 Mouth to mouth 인공호흡은 감염의 우려가 커 사람에게도 잘 하지 않는다. 기구를 사용하는 인공호흡을 하려면 기도를 확보해야 한다. 하지만 강아지는 비강(鼻腔)이 좁아 코인두기도기(NPA)6를 삽입할 수도, 구강구조가 사람과 달라 입인두기도기(OPA)7 를 삽입할 수도 없었다. 가슴 압박도 문제였다. 사람의 경우 유두를 잇는 가상의 선을 생각하며 심장의 위치를 찾는데, 강아지는 유두가 너무 많다. 심장 박동의 위치를 찾는다 하더라도 어느 정도 깊이에 심장이 있는지, 강아지의 정상적인 심박 수(pulse)는 어느 정도인지 알 수가 없었다. 자동 제세동기도 난해한 심장 박동을 어찌할 줄 몰라 했을 것이다. '개 팔자가 상팔자다'. 반려견과 함께 사는 사람으로서 가장 싫어하는 속담이었지만, 출동한 사례를 들으니 어느 정도 수긍이 됐다.

6, 7 각각 코, 입에 삽입하여 기도를 확보하는 기구. NPA보다는 OPA가 자주 사용되며 에어웨이라고 불리기도 함.

소방서로 귀소한 구조대는 늘 그랬듯 우리 구급대에게 하소연을 했다. 하지만 언젠가는 동물 대상 심폐소생술을 교육받을지도 모른다는 생각이 들었다. 동물에 대한 권리는 하루가 다르게 높아지고 있다. 산업혁명 시대에 아동복지가 발달한 것처럼, 2010년도에 학생인권조례가 발표된 것처럼, 동물도 존중받아 마땅할 존재가 되어가고 있다. 가지고 노는 존재로 여기는 뜻인 애완동물이라는 단어 대신, 더불어 사는 존재로 여기자는 반려동물이라는 단어가 떠오르는 것이 그 증거이다.

하지만 아직 가야 할 길은 멀다. 한글과 워드 등의 문서에서조차 반려견은 오탈자로 간주되고 있다. SNS에선 작고 귀여운 강아지와 고양이의 모습에 사람들이 녹아내리지만, 지하철 보관함 속에 갇혀 죽는 동물들이 여전히 발견되고 있다. 지금 이 시각에도 구조대원들은 갈 곳 없는 동물을 구조하고, 죽은 강아지와 고양이의 사체를 주워 담고 있다. 반려동물을 입양하기 전에 책임감을 갖고, 한 번 더 생각하길 바란다. 동물권을 존중할 자신이 있는지.

동물 구조 - 권리

· 소방기본법 제16조의 3에는 낙하 우려가 있는 고드름 제거, 위해 동물이나 벌 등의 포획, 단전 사고 시 비상 전원의 공급 등의 생활 안전활동을 해야 한다고 명시되어 있습니다.
· 대부분의 감염은 발열을 수반하며, 미지근한 물수건으로 몸을 닦아 증발에 의한 체온 하강을 유도해야 합니다.
· 성인의 경우 아침 6시에 체온이 가장 낮고, 오후 4시에 체온이 가장 높습니다.

25
약물 중독
잘못

봄비. 한동안 내리지 않던 비를 보니 마음이 복잡해진다. 학교 다닐 때에는 날씨에 관심이 없었는데, 소방서에 들어온 이후로는 일기예보를 꼬박꼬박 챙겨보고 있다. 구급차를 타는 사람으로서 비 오는 날은 반갑지 않다. 짧아지는 가시거리에 교통사고가 늘고, 빗길에 넘어지는 사람들이 생긴다. 우비를 입긴 하지만 습한 공기가 주는 불쾌함은 어쩔 수 없다. 정확한 근거는 없지만, 날이 궂을수록 자살 기도 신고가 느는 것 같기도 하다.

흐린 날씨에 한숨만 내쉬는 가운데 출동벨이 울렸다. 우리 관할 끝자락에 걸린 시골 마을이었다. 부지런히 달려도 15분은 소요되는 곳이다. 설상가상으로 신고내용도 무거웠다. 어머니가 수면제와 농약을 드셨다고 한다. 우비를 챙겨 구급차에 올라탔다. 혹시 모를 상황에 대비해 인접한 구급차에게 추가 출동을 요청했다.

신고자와 통화해 몇 가지를 미리 물었다. 어떤 약을 먹었는지, 얼마나 많은 약을 먹었는지 알아야 했다. 환자의 딸이라고 자신을 소개한 신고자는 약통을 한번 찾아보겠다고 했다. 지도를 살펴보니 집은 큰길과 멀리 떨어진 외진 곳에 있었다. 따님은 구불구불한 농로가 유일한 길이라고 했다. 비가 오니 조심히 오라는 말도 덧붙였다.

농로로 진입하는 사거리에서 신호에 걸려 사이렌을 켜고 천천히 나아갔다. 흐린 유리창 탓에 앞이 잘 보이지 않았다. 창문을 열고 길을 찾으려던 순간, 우측에서 검은 승용차가 빠르게 지나갔다. 급정거와 동시에 나도 모르게 비명을 질렀다. 1초만 늦었어도 죽을 뻔한 상황이었다. 승용차는 이미 안개 속으로 사라지고 없었다. 다행히 다친 사람 없이 구급차는 좁은 농로 위를 계속 달렸다.

현장에 도착하니 어머니는 방안에 누워 계셨다. 부르면 겨우 답할 정도로 의식은 희미했지만^(drowsy) 산소포화도를 포함한 모든 활력 징후는 정상을 가리켰다. 다른 구급대원이 라인을 잡는 동안 신고자에게 약통을 받았다. 수면제 중 가장 흔한 벤조디아제핀 계열이었다. 한 곳에서 구매했다기엔 상당히 많은 양이었다. 약 자체가 강하진 않지만 폐 근육 마비로 산소포화도가 언제 떨어질지 모르니 신속한 이송이 필요했다.

거세어진 빗줄기를 뚫고 차에 올라탔다. 더 질척해진 농로에 구급차는 사정없이 흔들거렸다. 환자는 아까부터 헛구역질을 했지만 정작 나오는 건 없었다. 수면제는 아무리 먹어도 치사량에 달하지 못한다. 자살 기도 악용사례가 늘면서 수차례 개량되어 왔고, 현대에 유통되는 수면제는 200여 알을 먹어도 사망에 이를 수 없다. 그 정도 양이면 배가 터져도 다 못 먹는다. 실패 뒤엔 고통만이 남는다. 의식이 끊기지 않는 한, 말 그대로 죽을

'것 같은' 고통이 계속된다. 응급실에 도착하면 바로 위세척(gastric lavage)이 진행될 것이고, 그로 인한 후유증은 오래 남는다. 그릇된 마음가짐에 대한 대가를 혹독히 치러야 퇴원할 수 있는 것이다.

차가 심하게 덜컹거리더니 이내 잠잠해졌다. 농로에서 빠져나왔겠거니 했는데, 바퀴가 헛도는 소리가 났다. 상황을 살피려 구급차 문을 열자 빗물이 들이쳤다. 흐려진 안경 너머로 반쯤 박힌 뒷바퀴가 보였다. 빨리 가야 한다는 욕심이 과했다. 무리하게 밀다간 구급차가 옆으로 뒤집어져 논에 처박힐 것 같았다. 구급차도 문제이지만 안에 타고 있는 환자가 걱정되었다. 머리가 하얘졌다. 멍하니 비를 맞던 참에 다행히 아까 지원 요청한 구급대가 도착해 환자를 인계할 수 있었다.

살려고 발버둥 치던 구급차는 구조대가 도착한 후에야 구렁텅이에서 빠져나왔다. 차는 물론이고 구조대원 역시 흙 범벅이 되었다. 순간의 잘못된 판단으로 너무 많은 인력이 낭비되었다. 구조대원들은 낡은 구급차가 힘이 부족해서 그랬다며 나름의 분석을 내놓았다. 하지만 결과가 아무리 나빠도 구급차의 잘못은 전혀 없다. 우리의 무모함이 그렇게 만든 것이다.

살려고 발버둥 치던 환자도 같은 처지에 있다는 생각이 들었다. 구렁텅이에 빠진 환자를 살리는 데에 많은 인력이 투입되긴 했지만, 그것은 결코 낭비가 아니다. 환자의 그릇된 결심을 탓해서도 안 된다. 잘못은 환자가 아닌, 비를 내린 하늘에게 있다.

약물 중독 - 잘못

· 빗길의 경우 수막현상으로 인해 타이어 마찰력이 감소하며, 제동거리가 30% 증가하기 때문에
  특히 주의해야 합니다.

· 약물 과다복용 시 억지로 토하지 않도록 하며, 만약 토할 시엔 흡인되지 않도록 고개를 옆으로
  돌려줍니다.

· 환자의 의복이 독성물질에 오염되어 있을 시엔 모두 제거하고, 많은 양의 물로 환자를 세척해줍
  니다.

26
화재 감식(上)
추측

차창을 두드리는 빗소리와 윙윙거리는 와이퍼 소리가 귓가를 맴돈다. 말 한마디 오가지 않는 어색한 분위기에 숨이 조여왔다. 말 붙일 엄두가 나지 않아 흘긋 곁눈질만 했다. 잘 달리던 차는 천천히 오른쪽으로 돌아, 비포장도로 앞에서 잠시 멈추었다. 라이트는 산속으로 스며들어 그 끝이 잘 보이지 않았다. 비가 와서 더 겁이 났다. 괜히 주임님 따라온 건 아닌가 하는 생각이 들었다. 나를 되돌려 보내려는 듯 차는 거세게 흔들렸고, 그럴수록 손에 든 카메라를 더 꽉 쥐었다. 5분 정도 올랐을까, 와이퍼가 멈추고 차 안에 적막이 흘렀다.

"내려. 다 왔다. 카메라 안 젖게 조심하고. 다시 말해두지만 넌 오늘 여기 안 온 거야. 혹시 누가 물어보면 화재조사관이라 말해."

기죽은 모습 감추려 또렷이 대답하고 카메라와 휴대용 조명을 들고 차에서 내렸다. 비가 그쳐 비옷은 벗어도 될 정도였지만, 쌀쌀한 밤바람에 그냥 입고 다니기로 했다. 반쯤 탄 2층짜리 주택이 눈에 들어왔다. 까맣게 타버린 지붕은 누가 한입 베어 문 것처럼 주저앉아 있었다. 현장엔 경찰차

2대가 먼저 와있었다. 현장 보존을 위해 화재가 발생한 어제저녁부터 줄곧 자리를 지켜 주신 것 같다. 감사 인사를 건네고 노란 폴리스라인을 건너려는 데 경찰 한 분이 물어왔다.

"자살 맞죠? 대체 왜 그러셨을까요."

"그러게요. 저도 이해가 안.."

대답이 끝나기도 전에 주임님이 날 불러 세웠다. 현관문을 닫고 티 나게 한숨을 쉬셨다.

"누가 멋대로 대답하래."

"죄송합니다."

"누가 보면 네가 목격자인 줄 알겠다. 현장 안 봤는데 잘도 판단하네."

"죄송합니다."

"장난이야. 기죽지 말고. 2층 바닥은 위험할 수 있으니까 잘 보고 걸어. 너 다치면 나 잘린다."

장마철의 꿉꿉한 공기 탓에 어깨가 더 무거워졌다. 목조 계단엔 2층으로부터 온 까만 물이 흘러내리고 있었다. 걸음을 내디딜 때마다 삐걱삐걱 기분 나쁜 소리가 났다. 2층에 도달하니 찬바람이 들이쳤다. 천장에 난 커

다란 구멍 사이로 그믐달이 새초롬하게 빛나고 있었다. 비 그친 뒤의 밤하늘은 나름의 맑음을 가지고 있다. 뚫리게 된 과정이 좀 그럴 뿐이지, 인테리어적으로는 괜찮은 구멍이라는 생각이 들었다. 싱긋 웃는 나를 보고 주임님이 웃음을 터뜨렸다.

"뭐가 그리 좋냐. 얼른 끝내고 가자. 저기에 스탠드 놓고."

멋쩍은 웃음으로 답을 대신하고 준비해온 조명을 세웠다. 발전기에 연결하니 강한 빛이 방안을 가득 메웠다. 주임님은 카메라를 건네받고 말없이 연발 사진을 찍었다. 조용히 손으로 가리키면 나는 그곳으로 조명을 옮겨 놓았다. 뭐라도 한 것 같아 마음이 놓였다. 제자리에 서서 사진을 확인하시던 주임님은 문득 내게 질문 하나를 던졌다.

"사고 화재일까?"

"예? 잘 모르겠습니다."

"아까 아래에선 잘 얘기하더구먼."

만족스러운 사진을 못 구한 듯 다시 카메라를 눈에 가져갔다. 셔터를 누르며 질문을 이었다.

"뭐 때문에 불이 난 것 같아?"

"음. 담배꽁초나 전기 합선 이런 거 아닐까요?"

"너무 이론적인 답변 아니야? 네 눈으로 둘러봐. 바닥에 담배꽁초 하나 있나. 전기도 잘 쓰고 있고. 화재 원인 1위를 물은 게 아니라, 네 생각을 물은 거야. 아까처럼 자신 있게 말해봐."

고생길이 훤했다. 아까의 섣부른 대답으로 인해, 며칠간 시달릴 것 같았다. 곤란해하는 내 표정이 즐겁다는 듯 미소를 띠며 말을 이었다.

"유류 화재야. 너 지금 서 있는 바닥 봐봐. 시꺼멓게 얼룩졌지? 까만 부분은 불이 붙었던 곳이야. 그런데 이상하지 않아? 마치 물이 튄 것처럼 군데군데 얼룩졌어. 불에 발이 달린 것도 아닌데 이렇게 띄엄띄엄 불이 날 수 있을까? 얼룩도 일반화재에 비해서 경계가 뚜렷하고."

"그런데 기름 냄새는 안 나는데요?"

"서울대, 오늘 왜 이래. 아까 그렇게 하늘 쳐다봤으면서. 어제오늘 비도 오고 바람도 워낙 많이 불었잖아. 이런 조건에서 하루 지났는데도 냄새 남아있는 게 이상한 거지. 게다가 어제 보니까 물 억수로 쏴 대더라. 적당히 쏘라니까 에휴."

아무 말 없이 고개만 끄덕이는 나에게 카메라를 건네며 말했다.

"그냥 내 추측이야. 정확한 건 크로마토그래피[8]로 따져봐야 알지. 그나

---

8 혼합물 간의 인력 차이를 이용해 물질을 분리하는 기술. 물질분리나 도핑테스트 등에 사용되며, 화재조사의 경우 기체 이동상을 이용하는 가스 크로마토그래피가 주로 사용된다.

저나 바닥 뜯어봐야 하니까 좀 나와줄래? 심도 좀 확인해보게. 거기 엄청 약해졌을 거야. 너 그러다 1층으로 떨어진다?"

말이 끝나자마자 바로 발을 뗴었다. 생각지도 못한 방법으로 발화원이 추리되었다. 매일 장난치는 주임님의 보기 드문 진지한 모습이었다.

"할 일 없으면 옆방 가서 미리 시신 사진 좀 찍어놔. 기절 안 하게 조심해라. 장갑도 챙겨. 모포 들출 때 피부 손상 안 되게 천천히 들추고. 내가 봤을 땐 이거 자살 아닐 수도 있다."

무서운 얘기를 태연하게 마무리하시고는 장갑을 던져 주셨다. 구급활동을 하며 시신은 수없이 봐왔지만, 화재로 인한 시신은 처음이었다. 마른 침을 삼키고 방문을 열었다.

화재 감식(上) - 추측

· 위험성이 있는 화재 현장의 경우, 현장지휘관은 폴리스라인 등으로 경계 구역을 설정해 일반인의 출입을 차단할 수 있습니다.
· 액체 가연물이 의도적으로 뿌려졌거나 쏟아졌을 경우, 그 경위가 탄화 경계 흔적으로 나타납니다.
· 열원으로부터 멀어지면 탄화심도[3] 가 낮아지는 것을 통해, 화재 확산 방향을 추론할 수 있습니다.

3 불에 탄 깊이를 말하며, 먼저 불에 탄 곳은 더 깊게 파이는 경향이 있다. 물체가 파괴된 방향을 통해 발화부를 추측하는 도괴방향법과 함께 자주 쓰이는 기법이다.

27
화재 감식(下)
판단

방문을 열자 파란 천이 눈에 들어왔다. 경찰이 주소를 토대로 추적한 결과, 50대의 남성이라고 추정하고 있었다. 바닥엔 천 둘레를 따라 하얀 선이 그어져 있었다. 드라마에서나 보던 범죄 현장에 온 기분이었다. 한쪽 무릎을 굽혀 앉아 아까 받은 장갑으로 바꾸어 꼈다. 카메라를 목에 걸고 천천히 천을 들추었다. 매캐한 냄새가 올라왔다. 단백질과 지방 특유의 탄 냄새.

대부분의 관절(joint)이 약간씩 굽어 있었다. 예상한 모습대로였다. 우리의 근육 속엔 단백질이 존재하는데, 열이 가해지면 수축한다. 생리학적으로 관절을 펴는 근육보다, 관절을 굽히는 근육이 많다. 열이 가해지면 펴지기보다는 굽어진다는 뜻이다. 하반신 전체엔 3도 화상(burn)을 입었다. 조금 남은 거뭇한 피부엔 여기저기 물집이 나 있었다. 터져 나온 진물이 굳어 기괴한 느낌을 주었다. 들춰보진 않았지만, 이 정도면 피하조직도 괴사했을 것이라는 생각이 들었다. 상반신과 얼굴은 그나마 나아 보였다. 얼굴엔 그 흔한 빨간 발적[9](redness)이나 종창[10](swelling)조차 일어나지 않았다.

---

9 피부가 붉게 변한 상태. 홍반이라고도 함.
10 염증으로 인해 부풀어 오른 상태.

타다 만 머리카락을 만져 보려는데 뒤에서 인기척이 느껴졌다. 주임님이 매섭게 노려보고 계셨다.

"만지려고?"

"아닙니다."

"호기심 대단해. 기대를 저버리지 않아. 난 무서워서 잘 보지도 못하겠던데."

말씀과는 다르게 주임님은 태연한 표정으로 시신의 얼굴을 살폈다. 그러고는 시신의 콧속에 핀셋을 갖다 대었다. 코털을 하나 뽑아 투명한 팩에 넣고는 내 눈앞으로 들어 올렸다. 장난거리를 발견한 유치원생 같은 눈빛이었다.

"이게 뭘로 보여?"

"예? 코털 아닙니까?"

"그냥 코털이 아니야. 아주 쌩쌩한 코털이지."

무슨 말씀을 하고 계신 건지 이해할 수 없었다. 신이 난 듯이 조끼에서 면봉을 꺼내셨다. 일반적인 면봉과는 달리 빨대처럼 길었다. 어리둥절해하는 나를 향해 혀를 끌끌 찼다.

"이거 이거 배운 걸 써먹지 못하네. 화재 현장에서 인체에 가장 치명적인 기체가 뭐야?"

"일산화탄소입니다."

"그래 맞아. 그런데 왜 위험해 그게?"

"피해자의 호흡에 의해 혈류로 들어가게 되는데, 산소보다 헤모글로빈 결합력이 높아서 산소 순환을 방해하기 때문입니다."

"크. 데리고 다닐 맛 나네. 완벽한 답변이야."

만족한 표정을 지으시곤 면봉을 환자의 굳은 입속으로 깊게 집어넣으셨다. 궁금증이 풀리지 않은 나는 질문을 이어 갔다.

"그런데 그게 코털이랑 무슨 관련이 있습니까?"

"응? 이미 넌 답을 말했는데? 아까 한 답변 다시 말해봐."

"피해자의 호흡에 의해..."

말을 잇지 못했다. 놀라웠다. 주임님은 뿌듯한 표정을 짓고는 다시 시신의 목 속으로 면봉을 들이밀었다. 화재 현장에서 마주하는 환자들은 대부분 심한 기침과 호흡 곤란을 호소한다. 매연의 열에 의해 콧속이 검게 타버린 환자들도 많다.

하지만 오늘 나는 중요한 점을 놓치고 있었다. 지금까지 마주한 화재 환자들의 증상은 호흡을 함으로 인해 나타난 것이었다. 호흡을 하기 때문에 기관지와 폐에 새까만 매가 부착되고, 호흡기 점막이 타들어 갔던 것이다. 역으로 호흡을 하지 않는다면 기관지는 깔끔할뿐더러 호흡기 점막도 온전해야 한다. 남자는 화재의 기전에 의해 사망한 것이 아니라, 이미 사망해 있던 것이다.

이제야 알겠다는 말을 건네려는 순간, 주임님이 면봉을 꺼냈다. 들어갔을 때와 똑같이 하얬다. 팩에 면봉을 담으며 오랫동안 굽혔던 무릎을 펴고 자리에서 일어나셨다.

"굳이 내가 설명 안 해줘도 되지? 정확한 건 법의학자들이 와서 부검해 봐야 알아. 나는 면봉으로 대충 감만 잡은 거야. 혈액 내에 일산화탄소와 결합한 헤모글로빈 농도가 낮아야 신뢰도가 높아지는 허술한 방법일 뿐이지."

"진짜 신기하네요. 오늘 많이 배워갑니다."

삐걱거리는 나무계단을 내려가며 주임님이 말을 이어 나갔다.

"가방끈 짧은 내가 염치 불고하고 하나 더 알려줄까? 사실 면봉 굳이 안 넣어봐도 돼. 내가 오자마자 얼굴부터 봤잖아. 발적이나 종창이 일어났나 확인한 거야. 그것도 사실 손상에 대한 생체반응이거든. 쉽게 말하자면, 음, 피부로 혈액공급이 많아지는 거야. 눈치챘겠지만 이것도 살아있는 사람한테나 일어나는 거야. 이미 죽은 사람한테는 손상을 회복하기 위한 혈액공급이 일어날 리가 없지."

양손 가득 조명을 들고 철수 준비를 했다. 문밖을 지키고 있던 경찰분들께 인사를 건네고 폴리스라인을 넘어 나왔다. 뭔가 찝찝한 기분이 들어 주임님께 말을 건넸다.

"그냥 이렇게 돌아가요? 화재사가 아닌 거잖아요. 이미 죽어 있던 사람이 불을 지를 수는 없으니까, 자살이 아니라 방화예요 방화. 이런 외진 곳까지 찾아와 방화할 정도면 평소에 안면이 있는 사람이 저지른 일일 거예요. 나름 중범죄인데 그냥 사진만 찍고 가버린다고요?"

신경도 안 쓴다는 듯 주임님은 차에 올라타 시동을 걸었다. 뾰로통한 나를 보고 웃으며 답했다.

"또, 또 멋대로 판단하네. 증거 있어? 혼자서도 충분히 시간차 두고 불 피울 수 있고, 모르는 사람이라도 방화의 가능성은 충분해. 혹여나 네 추측이 맞다 하더라도, 거기부턴 우리 관할이 아니야. 굳이 범인 잡아서 영웅 되고 싶으면 여기 남아서 경찰 시험 준비해. 얼른 안 타면 출발한다?"

언제나 제멋대로인 사람이라는 생각이 들었다.

화재 감식(下) – 추측

· 글의 내용과는 달리 매면 입자는 시체의 열린 입을 통해 혀와 인두까지 도달할 수 있으며, 정확한 분석은 기관지를 통해 이루어져야 합니다.
· 화상 환자의 경우 의복이나 장신구를 제거해주고, 화상 부위에 깨끗한 물을 흘려줍니다.
· 장시간의 얼음찜질은 괴사 우려가 있으며, 저체온증 발생에 주의해야 합니다.

28

정신질환
감기

꾸준히 챙겨 보기 어려운 편이라, 드라마를 잘 보진 않는데 얼마 전부터 드라마 하나가 눈길을 사로잡았다. 지구대 경찰들의 이야기를 담은 '라이브(Live)'라는 드라마이다. 소방이라는 조직과 그리 멀지 않은 경찰의 문화를 접할 수 있는 데다가, 근무 일상의 소소한 가치와 정의를 엿볼 수 있어서 가능한 한 챙겨보고 있다. 현장에서 자주 마주하게 되는 경찰분들의 고충을 간접적으로나마 느낄 수 있는 좋은 드라마라고 생각한다. 소방에 관한 드라마도 하루빨리 제작되어 많은 이들의 오해를 풀어주면 좋겠다는 생각도 들었다.

매번 느끼는 것이지만, 영상매체를 통해 표현되는 응급상황이 조금 아쉽다. 의학 드라마나 범죄 영화에 단골로 등장하는 심폐소생술이나 주취자 대응 등의 장면이 그 예시이다. 현실 그대로 표현되기를 바라진 않지만, 너무 내용 전달에 치우치다 보니 잘못된 인식을 심어줄까 항상 걱정된다.

6화에서는 평소 공황장애를 앓던 학생이 옥상에서 투신자살을 시도한다는 신고를 받은 모습이 그려졌다. 늘 그렇듯 신속히 출동하였고, 소중한 목숨 하나를 살려내었다. 이번에도 역시나 공황장애는 사람의 목숨을 위협하는 위험한 증상으로 그려졌다. 드라마라는 매체의 특성상 여러 사람의 이목을 끌어야 하고, 그만큼 극적인 소재가 필요한 것은 사실이다. 현실에서는 찾아보기 힘든 러브라인을 끼워 넣은 것도 연장선 상에 있다. 하지만 언제까지 정신질환이 무섭고 동떨어진 모습으로 표현되어야 하나 싶다.

정신병이라는 단어를 들으면 누구나 어색해할 것이다. 나와는 거리가 멀고, 걸릴 일 없는 다른 차원의 병이라고 느껴진다. 하지만 생각보다 정신질환은 우리의 가까이에 존재한다. 고소공포증, 폐소공포증, 공황장애로 대표되는 '불안장애'. 외상 후 스트레스 장애(PTSD)등의 '적응 장애'. 과거 편집증이라 불리던 '망상장애'. 모두 정신질환에 속한다. 소시오패스 같은 '인격장애'부터 결벽증 같은 '강박 장애', 비교적 널리 알려진 우울증과 조울증도 '기분장애'로써 정신질환에 속한다.

구급차를 타면서 느낀 것이지만, 세상엔 생각보다 공황장애를 겪고 있는 사람이 많았다. 중요한 것은 그들의 삶은 일반인과 크게 다르지 않다는 것이다. 복용하는 약이 있는지 묻기 전엔 그런 병력이 있는지 눈치채기 어려울 정도이다. 정신병원 이송이 필요한 환자들도 개중에 있긴 하지만, 모든 공황장애 환자가 영화나 드라마에서 표현되는 것처럼 일상생활이 불가능하진 않았다. 비단 공황장애만의 이야기가 아니라 대부분의 정신질환에 해당되는 얘기일 것이다. 심각한 정신질환자가 존재하긴 하지만, 모든 정신질환자가 그런 것은 아니다.

정신질환이 영화나 드라마 속에서 극적인 소재로 자주 사용되어서 그럴 뿐이지, 실제론 그 증세가 약한 경우가 대부분이다. 남녀노소 가릴 것 없이 나타나는 감기를 한번 떠올려보자. 목숨을 위협하는 심한 독감부터 면역력 저하로 나타나는 가벼운 감기까지 그 증세가 다양하다. 하지만 그 증세가 강하든 약하든, 장기간 지속된다면 병원 방문과 치료가 권고된다. 마음의 병도 다를 바 없다. 당장 죽음을 떠올리지 않더라도 건강한 육체를 위해서는 꾸준히 마음의 병을 가까이 여기고, 관심을 가져줄 필요가 있다.

나 역시 조직 내의 이야기를 세상에 알리고 있는 처지이기에, 드라마 '라이브'는 많은 교훈을 주는 존재이다. 내가 쓴 글들이 그렇듯, 현실과 다르더라도 효과적인 전달을 위해 다소 각색될 수는 있다고 생각한다. 하지만 그런 차이에 대해 굉장히 민감하게 반응하는 사람이 있고, 나로 인해 상처받을 수 있다는 것을 새삼 알게 되었다.

정신질환-감기 ────────────────────────────────

· 최근 심폐소생술 가이드라인(2015년)에 따르면, 질식성 심정지(익수, 목맴, 이물질)가 아닌 이상 일반인은 인공호흡 없이 만 실시하도록 권고되고 있습니다.
· 공황장애는 특별한 이유 없이 예상치 못하게 나타나는 극단적인 불안 증상을 말하며, 2016년 기준으로 40대 중년층의 비율이 가장 높습니다.
· 감기에 걸렸을 때 감기약을 쓰듯, 우울증도 상담, 행동 치료와 함께 항우울제라는 약으로 치료될 수 있습니다.

29
산악구조
한결

눈 온다고 신나 있던 게 엊그제 같은데, 벌써 5월을 눈앞에 두고 있다. 옷은 점점 얇아져 어느새 반팔을 입고 있다. 선풍기 돌아가는 소리가 사무실 안을 가득 메우고 있다. 지금이 이 정도인데 8월은 얼마나 더울지 두렵다. 폭염주의보가 내려도 부르는 이가 있다면 출동에 임해야 하는 게 소방이다. 날이 더워지기 전에 미리 일 처리를 해야겠다는 생각이 들었다. 관할지역 건축물의 화재경보설비가 잘 작동하는지, 소방차가 진입할 수 있는 공간은 충분한지 미리 확인하고 다녔다.

여름이 되기 전에 꼭 마쳐야 할 업무는 사실 따로 있다. 구급함 점검. 사람들이 자주 다니는 등산로엔 구급함이 설치되어 있다. 응급상황에선 일반인들도 사용할 수 있게, 소방서에서 주기적으로 내용물을 채워 넣고 있다. 취지는 좋으나 구급대원들에게는 곤혹스러운 존재이다. 사용률이 저조할 뿐만 아니라, 점검하러 가는 데에 많은 시간이 소요된다.

구급함을 사용한 사람을 딱 한 번 본 적 있다. 그때도 오늘 같은 날씨였다. 따스하지도 따갑지도 않은 약간 뜨뜻한 햇볕이 내리쬐고, 시원하지도 후덥지근하지도 않은 약간 서늘한 바람이 불고 있었다. 창고에 있던 선풍기가 하나둘 나오기 시작하는 5월 말, 산악구조 출동이 내려졌다. 사무실에 있던 직원들은 모두 구급대에게 안타까움을 표했다. 산악위치표지판을 미리 검색해보는데, 연발 한숨만 나왔다. 구조대원들은 차고로 달려가면서, 오래간만에 운동 좀 하겠다고 들떠 있었다.

산 진입로를 찾는 데에만 10분이 걸렸다. 사람들이 잘 다니지 않는 코스인 데다가, 구급차가 들어갈 수 있는 길이 거의 없다시피 했다. 본격적인 등산이 시작되기도 전에 지쳐버렸다. 연성 부목^(soft splint)과 붕대^(bandage)를 챙겨 등산로에 진입했다. 구조대원들은 즐거운지 노래를 흥얼거리며 앞질러 갔다. 내려오는 등산객을 잡고 약수터의 위치를 물었다. 30분은 더 가야 한다는 말과 방금 떠온 물을 건네주셨다. 정말 감사했다. 환자는 약수터에서 5분 거리에 있다고 했으니 족히 35분은 더 걸어야 했다.

산을 오르며 별의별 생각이 다 들었다. '이런 날씨엔 그냥 집에 계시지' 부터, '진짜 운동 좀 해야겠다', '이러다 내가 쓰러지는 건 아닌가', 심지어 '구조대가 준비한 몰래카메라인가'하는 의심도 해봤다. 아이스크림 내기를 위해 사다리 타기를 제안해 놓고, 진짜 사다리를 펼쳐서 누가 빨리 오르나 대결하는 구조대원들이니 충분히 가능성 있어 보였다.

억겁의 시간이 흐른 뒤에야 약수터에 도착했다. 물 마실 틈도 없이 구조 대가 환자를 찾았다고 소리를 질러 댔다. 지난겨울엔 약수터까지 뛰어와서 구급함을 채웠는데, 지금은 왜 이러나 싶었다. 그래도 다 왔다는 생각을 하던 참에 구급함이 열려있음을 알아차렸다. 누가 썼을까 하는 생각보다는 이걸 채우러 다시 올라와야 한다는 생각에 눈물이 났다.

환자는 자리에 앉아 구조대원들과 얘기를 나누고 있었다. 늦어서 죄송하다는 말과 함께 환자의 발목을 살피는데, 이미 응급처치가 되어있었다.

일반인이 한 것 치고는 붕대로 압박이 잘 되어있었고, 어디서 구했는지 철사 부목(wire splint)으로 고정도 잘 되어있었다. 환자에게 의료계에 종사하시냐 물었더니 옆에 있던 구조대 막내를 가리켰다.

"저 총각이 해줬어요."

하여간 얄미워 죽겠다. 먼저 올라와서 환자 안정시키고 처치해준 건 고마운 일이다. 하지만 좀만 기다리면 될 것을 괜히 구급함을 열어서 다시 채우러 올라오도록 만들었다. 분명 알면서도 일부러 꺼내 쓴 것이 틀림없었다. 마냥 미워할 수는 없는 게, 거동이 불가능한 환자를 구조대 막내가 업고 내려왔다. 헥헥대던 나 자신이 부끄러워질 정도로, 힘든 기색 하나 없이 여유롭게 하산했다.

오늘도 구조대원들은 출동벨만 들리면 쏜살같이 구조차에 올라탄다. 단순히 개 잡으러 가는 출동이든 수난 구조 출동이든, 날이 덥든 춥든 한결같이 뛰어다닌다. 어디서 저런 힘이 나오는지 궁금하기만 하다. 저런 한결같은 태도야말로 사람을 살리는 데 꼭 필요한 자세이기 때문이다. 숨이 차지만, 구조대원들에게 배운 점을 생각하며 구급함을 채우러 묵묵히 산으로 향한다.

산악구조-한결 ―――――――

· 골절 부위를 방치하면 뼈가 움직이면서 이차적인 근육, 신경 손상을 초래할 수 있습니다.
· 산악활동 중엔 보폭을 작게 하여 넘어지거나 추락하지 않도록 주의하여야 합니다.
· 119 신고 시, 국가지점번호를 이용하면 산림, 해양 등 비거주지역의 위치를 쉽고 정확하게 알릴 수 있습니다.

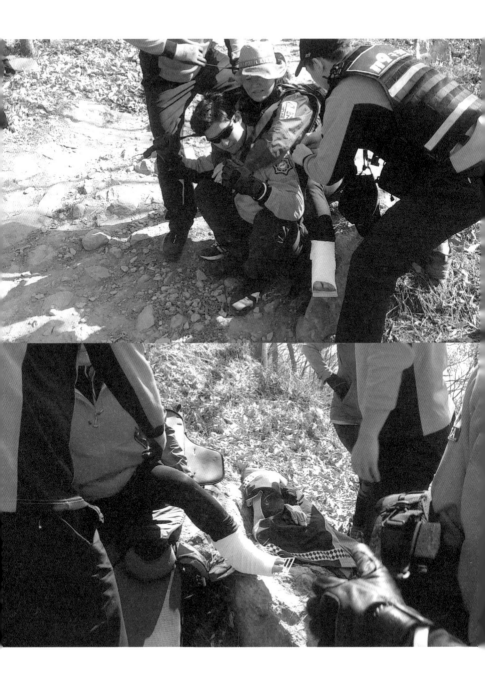

30
심정지
자책

사람을 살리고 싶으면 구급대원이 아니라 의사가 되라는 말이 있다. 소방서에 오기 전엔 그냥 우스갯소리겠거니 했는데 진짜였다. 대부분의 구급 출동은 생명에 큰 지장이 없는 선에서 정리된다. 목숨을 구할 만큼 위독한 상황이 생각보다 드물다. 마주치기도 힘든 상황 속에서 환자를 살려내는 경우는 더더욱 드물다.

그런 미소한 확률을 뚫고 사람을 살려내는 자에게 주어지는 칭호가 바로 하트세이버(Heart Saver)이다. 일반인의 심폐소생술 권장을 위해 시작된 제도로, 소생에 성공한 사람에게 배지나 상장 수여 등의 포상을 하고 있다. 구급대원들도 받을 수 있다는 점에서 하트세이버는 묘한 영향력을 행사한다. 노골적으로 묻지는 않지만, 하트세이버를 딴 경험이 있다는 얘기가 나오면 부러운 시선이 암묵적으로 오간다. 20년 근무하는 동안 한 번도 못 따 본 사람이 있는가 하면, 1년도 채 안 됐는데 2번이나 수상한 사람도 있다. 한 번도 못 받아본 나로서는, 운이 99퍼센트라는 말로 격려를 받지만 1퍼센트라는 결정적 빈틈에 자괴감이 들 때도 있다.

복권방에 사람이 쓰러졌다는 신고를 받고 구급차에 올랐다. '설마 심정지 상황이겠어'하는 걱정이 컸지만, 신고자와 통화한 바 의식이 있다는 얘기에 한시름 놓았다. 현장에 도착했는데 신고내용과 공기가 다름을 느꼈다. 40대 정도의 여성분이 의식 없이 바닥에 쓰러져 있었다. 무엇보다도 환자의 호흡이 없었다. CPR 상황이라 판단하고 AED 패드를 붙였다. 곧은 하트라인은 심장이 전혀 수축하지 않고 있음을 보여줬다.

망설일 틈 없이 심폐소생술에 돌입했다. 하트세이버가 없던 우리 셋은 평소에 연습했던 대로 역할 분담에 나섰다. 나는 여성분의 속옷을 벗기고 가슴 압박을 시작했다. 그러고는 목격자에게 물으며 쓰러질 당시 상황을 파악했다. 그동안 한 명은 IV^(정맥주사)를 통해 정맥로를 확보하고, 다른 한 명은 후두경^(laryngoscope)을 이용해 기도를 확보한다. 기도가 완전히 막혀 산소가 공급되지 못하면 모든 게 무용지물이 되는지라 상당히 중요한 작업이다. 게다가 이물질이라도 걸려있으면 삽관 철사^(stylet)도 무용지물이기에 빠르게 아이겔^(i-gel)로 대체하는 등 신속 정확한 판단력도 필요한 역할이다.

목격자라곤 애인으로 보이는 건장한 남성 한 분밖에 없었다. 그냥 말다툼하고 있었는데 갑자기 쓰러졌다고 진술했다. 평소에 갖고 있던 질환이나 복용하는 약물이 있나 물었더니, 본인은 오늘 처음 보는 사이라고 답했다. 훗날 알게 된 사실로 보아, 서로 내연관계에 있어 남들에게 밝히기 꺼려했던 것 같다. 의식을 잃은 건 3분도 되지 않았다고 한다. 희망이 보였다. 심정지 환자치고 굉장히 젊은 편이었고, 구급대의 현장 도착도 빨랐다. 기도삽관도 실수 없이 마쳐, 고정^(taping) 끝내고 벌써 백밸브 마스크^(AMBU)로 산소 주입 중이었다. 혈관이 잘 보이지 않아 고생길이 훤하던 IV^(정맥주사)도 단번에 성공했다. 초기 패드 부착 시 무수축이었다는 것만 제외하면 모든 지표가 소생 성공을 가리키고 있었다.

다섯 주기의 가슴 압박이 끝나고 환자를 구급차로 옮길 때가 되었다. 안 그래도 힘 빠지는데 건장한 남성은 거들 생각을 안 했다. 정중히 부탁하였지만 이런저런 핑계를 대며 대답을 회피했다. 허리에 무리가 가더라도 셋이서 환자를 들어 옮겼다. 좁디좁은 구급차 뒤 칸에 엉거주춤 서서 가슴 압박을 계속했다. 차는 출발했는데 언제 얻어 탔는지 건장한 남성분이 좁디좁은 조수석에 앉아있었다. 순순히 따라오시나 싶더니 앞에서 싸우는 소리가 들렸다. 이송병원을 가지고 실랑이를 벌이는 것 같았다. 구급대는 응급상황의 경우 가장 가까운 병원으로 이송한다고 법적으로 명시되어 있다. 하지만 남성분은 병원비 지원이 되는 곳으로 가야 한다며 구급차 핸들을 돌리려 했다. 언성이 높아지는 만큼 덩달아 뒤 칸의 나는 구급차 장비에 이리저리 치였다.

원칙대로 병원에 도착했으나 환자는 좀처럼 돌아오지 않았다. 미련이 남아 셋 모두 한마음으로 응급실 간호사들을 도왔으나 20분이 지나도 변함이 없었다. 보호자의 도착으로 인해 심폐소생술 중단 동의를 얻고서야 일이 마무리되었다. 죄송하다는 생각만 가득했다. 더 이상 할 수 있는 일이 없어졌고 간호사의 서명을 받아내고 응급실을 나왔다.

난장판이 된 구급차를 정리하며 온갖 푸념에 사로잡혔다. '이번은 진짜

될 줄 알았는데', '가슴 압박이 너무 얕았나', '멍도 안 들고, 라인 잘 들어갔었는데', '뭐가 문제지', '이런 기회를 놓친 거면 재능이 없는 정도인데'. 한 번 좀먹기 시작한 생각은 바이러스처럼 빠르게 자존감을 낮추었다. 표정을 보아하니 셋 모두 같은 생각을 하고 있는 것 같았다.

심정지-자책 ─────────────────────────────────

· 119 구조구급에 관한 법률 시행령 제12조에 따라, 구급대원은 이송 병원을 결정할 수 있으며 치료에 적합한 가장 가까운 응급의료기관으로의 이송을 원칙으로 합니다.
· 응급의료에 관한 법률 제5조의 2는 선의의 응급의료에 대한 면책을 말하고 있지만, 도덕적 의무를 법적 의무로 지정하진 않았습니다.
· 기도가 이물질로 인해 폐쇄된 사람을 발견할 시엔 손으로 꺼내려고 하지 말고, 뒤에서 양팔로 환자의 배를 세게 밀어 올려주는 하임리히법이 필요합니다.

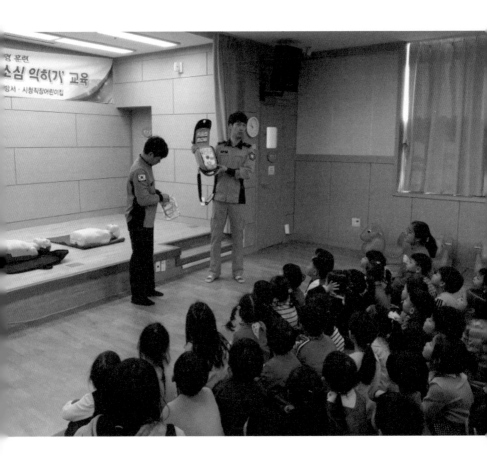

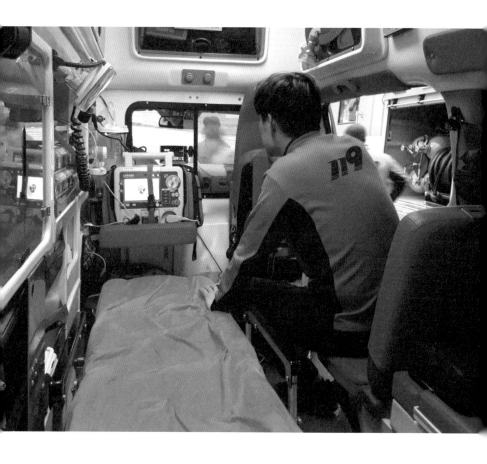

여름

31
벌집 제거
신중

봄의 전령사 산수유에 대적할 만큼 유명한, 소방서 여름의 전령사가 있다. 벌집 제거 출동. 6월에서 8월에 극성수기를 달리지만, 빠르면 4월 중에도 벌집 신고가 들어온다. 꿀벌부터 땅벌, 장수말벌까지 자연의 신비가 이런 건가 싶을 정도로 종류가 다양하다. 발견 장소도 나무 위, 땅속, 처마 밑, 지붕 속, 심지어 시멘트 바닥까지 적들의 생존력에 박수가 절로 나온다.

하나의 공통점이 있다면 적들을 대하는 출동대의 신중한 자세이다. 보호복은 필수인 데다가 필요시엔 테이프로 빈틈을 막고 펌프차에서 내린다. 얇은 옷 정도는 가볍게 뚫어내는 말벌의 위력 때문에, 아무리 날이 더워도 중무장을 유지해야 한다. 장비가 갖춰졌다 해서 무턱대고 적진에 뛰어들 순 없다. 상황에 맞게 다양한 전술을 펼쳐야 한다.

직접 나무를 타서 벌집을 따오는 건 상당히 위험한 방법이다. 비교적 온전히 벌집을 수거할 수 있긴 하나 언제 부러질지 모르는 나뭇가지 위에 올라서는 것은 부담이 크다. 높은 나무 위에 걸린 벌집은 물을 쏴서 깨부순다. 땅속 벙커에 숨어있는 적들은 연기를 피워 몰아낸 다음, 신속히 파내면 된다.

대여섯 단에 달하는 두꺼운 벌집을 망에 넣었어도 작업이 끝난 것은 아니다. 남은 벌들을 잡아내 추가적인 환자 발생을 방지하고, 벌집을 다시 짓지 못하게 약재 처리를 해야 일이 마무리된다. 승리를 만끽하며 천천히 복귀하다간 되레 당할 수 있다. 벌침엔 페로몬이 담겨있는데 이는 동료 벌들에게 경보 신호로 작용한다. 유리창 위에 앉아 무섭게 달려드는 벌들을 보면, 호되게 당했던 지난날이 떠오르며 소름이 돋는다.

벌침이라는 항원(antigen)이 몸에 침입하면, 적을 이겨낼 백혈구(WBC)와 항체(antibody)라는 지원군이 필요하다. 정상적인 몸에선 이를 위해 '적정량'의 히스타민이 분비된다. 히스타민은 혈관을 확장시키고 심박 수를 증가시켜 해당 장소에 지원군을 빠르게 도착시키는 역할을 하는 물질이다.

하지만 항상 그런 것은 아니다. 광범위에 걸쳐 동시에 '다량'의 히스타민이 분비되는 불상사가 일어나기도 한다. 아나필락시스(anaphylaxis). 알레르기나 천식(asthma) 같은 과민반응의 일종이다. 평소에 아무런 반응 없던 사람에게도 어느 날 갑자기 과민반응이 일어날 수 있다.

히스타민이 과분비되면 호흡곤란과 동시에, 온몸의 혈관이 확장되고 혈압이 급격히 떨어진다. 신체 곳곳에서 산소 조달을 요구하지만, 심장근육 역시 산소가 부족한 상황이다. 혈압을 되돌리기 위해 심장은 급한 대로 젖산을 축적해가면서라도 무리한 수축 운동을 이어간다. 하지만 이는 임시방편일 뿐, 되레 혈압을 더 낮추는 결과를 초래한다. 걷잡을 수 없이 반복되는 악순환은 심장이 멎어야 끝이 난다. 심장 수축을 돕는 에피네프린(epinephrine) 처방을 받지 않는 한, 30분~1시간 이내에 사망에 이를 수 있는 위험한 증상이다.

간혹 119에 신고하지 않고 직접 처리하려는 실수를 저지르는 분이 있다. 심지어 술을 담그거나 벌꿀을 모으기 위해 약을 쓰지 않고 냉동 시켜 산 채로 잡으려는 사람들도 있다. 위험하니까 제발 그러지 말라고 부탁을 하면, 본인은 30년간 봉독 치료를 받아왔으니 꿀벌 정도는 거뜬하다고 답한다. 경험이 있어도 위험한 게 아나필락시스이다.

갑작스레 찾아온 더위에, 소방서 역시 적응하는 데 애를 쓰고 있다. 창고에 잠들어 있던 선풍기를 하나둘 꺼내 먼지를 닦았다. 올여름은 벌 쏘임 없이 무탈하게 지날 수 있길 바라며 에피네프린 유효기간을 확인해 두었다.

벌집 제거-신중

· 100명 중 5명은 벌침에 대한 아나필락시스 반응을 일으키며, 사망자의 60~80%는 기도가 부어 질식사하게 됩니다.
· 벌침을 핀셋이나 손가락으로 만지면 오히려 독주머니를 짜낼 수 있으므로, 신용카드 따위로 긁어내듯 밀어서 제거해야 합니다.
· 벌레 물린 부위엔 얼음주머니를 대고, 입으로는 아무것도 먹여선 안 됩니다.

32

경련
냉철함

서울에 올라간 이후로 그 흔한 문자 한번 보내지 않던 여동생에게 전화가 걸려왔다. 응급실에 왔다고 한다. 매일 같이 오가던 곳인데도 동생의 입에서 나온 응급실이라는 단어는 어색하게 느껴졌다. 최대한 침착한 톤으로 상황을 물었다. 속눈썹을 마는 뷰러에 눈동자를 데었다고 한다. 주말이라 안과[EY] 전담의사가 없을 것 같아 걱정은 커져만 갔다.

동생은 언제 다쳤냐는 듯 오늘도 신나게 속눈썹을 말고 있다. 흉터는 이틀 만에 말끔히 사라졌고 삶에 아무런 지장이 없었다. 지금 와서 보면 웃고 넘길 에피소드이지만 그때의 나는 냉철함을 잃었다. 동생을 안정시키기는커녕, 앞은 보이는지, 데인 부분에서 출혈이 있는지를 캐물었다. 응급실 앞에서 안절부절못하는 보호자들을 보고 의아해했던 내가 부끄러웠다.

풀 베드의 응급실에 겨우 이송을 마치고 귀소하려던 저녁이었다. 어디서 많이 본 실루엣의 남자가 우릴 향해 다급히 손을 흔들고 있었다. 구조대에 계시는 반장님이셨다. 무서운 인상에 말수도 적어 가까이하기 어려웠던 반장님이다. 손끝이 가리키는 곳엔 차 한 대가 서 있었다. 그의 아버지로 보이는 분이 조수석에 쓰러져 계셨다. 방에서 넘어진 이후로 대답을 안 하고 눈도 못 뜬다고 한다. 아마 넘어지는 과정에서 뇌에 충격이 가해진 것 같았다. 반장님은 대학병원으로 가야 한다는 의사의 말에 어떻게 해야 할지 고민하던 참이라고 말했다.

사실 119 구급대에서는 병원 간 이송^(transfer)을 금하고 있다. 병원에서 다른 병원으로 가야 할 때는 병원에서 운영하는 사설 구급차나 본인의 차로 이송해야 한다. 하지만 발을 동동 구르고 있는 반장님의 부탁을 그냥 저버릴 수 없었다. 본부의 상황실에 전화를 걸어 자체 접보를 요청한 뒤, 반장님과 환자를 구급차에 태웠다.

대학병원까지는 거리가 상당했다. 긴 이송 동안 환자가 의식을 잃지 않게 계속 말을 걸었지만, 여전히 대답은 없었다. 도착을 10여 분 남긴 시점에 잠잠하던 환자가 갑자기 발작^(seizure)을 일으켰다. 경기라고도 불리는데, 쉽게 말하자면 뇌에 과부하가 걸린 것이다. 정신적인 충격, 고열, 항상성 손실 등 원인은 매우 다양하다. 발작은 공황장애를 겪는 사람들에게도 나타날 수 있지만 대부분 뇌전증^(epilepsy) 환자에게 나타나는 증상이다. 뇌전증은 속된 말로 지랄병, 간질이라고도 불렸지만 요즘엔 순화된 단어를 쓰는 추세이다.

원인이 무엇이든 우선 환자 머리 주변에 푹신한 모포를 둘러, 추가 피해를 막았다. 옷의 단추와 허리띠를 풀어주고, 혹시 모를 상황을 위해 고개도 옆으로 돌려주었다. 심박 수가 약간 상승한 것만 제외하면 활력 징후는 정상 범위에 머물렀다. 1분에 걸친 발작이 끝났고, 시각을 정확히 기록했다. 얼마나 뇌가 손상되었을지에 대한 대략적인 판단을 돕는 중요한 자료이기 때문이다.

1시간 동안 말이 없던 반장님이 얼굴을 감싸 쥐며 흐느껴 울기 시작했다. 그러곤 감정이 주체되지 않는지 자신의 허벅지를 주먹으로 연달아 내리쳤다. 언제나 냉철함을 유지하던 반장님이, 바늘로 찔러도 피 한 방울 안 나올 것 같던 반장님이 어린아이처럼 목놓아 울어 댔다. 그도 그럴 것이, 눈앞에서 고통스러워하는 환자는 자신의 부모였다. 손 쓸 방도 없이 그 모습을 지켜봐야만 하는 자식의 마음은 감히 헤아릴 수 없을 것이다.

환자를 병원에 인계한 후 반장님에게 인사를 하러 갔다. 정확한 건 검사를 해봐야 알겠지만 괜찮으실 거라고 격려의 말도 잊지 않았다. 반장님은 먼 거리 달리느라 고생했다며 우릴 꼭 안아 주셨다. 차에 올라타 키를 꺼내는데 주머니에 돈이 들어있었다. 아까 안아주면서 몰래 넣어 두신 것 같았다.

소방서에 돌아오니 시계는 새벽 2시를 가리키고 있었다. 잊어버리기 전에 돈을 반장님의 사물함에 놓아두었다. 사무실에서 적어온 쪽지도 옆에 두었다.

'반장님도 아시다시피 119는 이송 비용 안 받습니다.'

경련-냉철함 ─────────────────────

·눈에 이물질이 들어간 경우 비비지 말고, 깨끗한 대야에 물을 담아 눈을 깜박거려주어야 합니다.
·경련 시 환자를 억지로 잡아선 안 되며, 치아 사이로 손가락이나 물체를 끼우려 하면 안 됩니다.
·5세 이하의 아이는 열 조절 중추가 완전하지 않아 열성 경련을 일으키는 경우가 많은데, 아이를 눕히고 옷을 벗겨 미지근한 물수건으로 몸을 닦아주면 됩니다.

33

공단 화재
커피

감사원이 오신다는 소식에 급히 소방서 대청소에 들어갔다. 몇 년간 묵은 때를 벗기는 데에 남녀노소를 가리지 않고 온 직원이 동원되었다. 언제나 그렇듯 뒷정리는 막내들이 도맡아 했다. 말단 중에서도 가장 말단인 나는 묵묵히 짐을 받아 들고 창고로 향했다. 출동벨도 잘 들리지 않는 곳에 혼자 있으니 외롭기도 했다. 식당에서 커피 한잔을 타서 사무실로 돌아오는데 이상하게 소방서가 고요했다. 왜 슬픈 예감은 틀린 적이 없나. 차고를 가득 메워야 할 차들이 온데간데없었다. 출동벨을 못 들은 것 같았다. 사무실로 달려가 보니 아무도 없었다. 설상가상으로 출동 건은 가장 심각하다고 치부되는 공단 화재였다. 크게 한 소리 들을 것이 걱정되어 뭐라도 해야겠다는 생각이 들었다. 텅 빈 사무실을 뒤로하고 상황실이 있는 3층으로 올라갔다.

상황실 직원이 정신없이 무전을 하고 있었다. 이런 대형화재에 혼자 상황실을 통제하는 것은 불가능에 가깝다. 인사를 건네고 컴퓨터 앞에 앉아 신고지점에 대한 자료를 찾기 시작했다. 높이는 어느 정도이고, 내용물은 무엇인지, 가까운 소화용수 시설의 위치도 무전을 통해 전파해줘야 했고, 위험물 담당 기관에 협조 요청도 해야 했다. 지휘차의 재난 영상을 통해 본 현장은 섬뜩했다. 저장시설(silo)의 상단에 불이 붙어있었는데 마치 거대한 횃불 같았다. 상황실에 앉아 지켜보는 데에도, 불똥이 공장 내 다른 시설로 튈까 조마조마했다. 현장에 있는 대원들은 자신의 머리 위에서 타고 있는 불덩이를 보고 무슨 생각을 하고 있을까 걱정이 되었다.

　무전으로 상황을 주고받기도 바쁜데 전화벨은 멈출 생각을 않는다. 현장에서 걸려온 유선 연락인가 싶어 받아보면 대부분 아니다. 화재 발생 사실은 어떻게 알아냈는지 신문사, 기자, 경찰, 시청 등 여러 곳에서 전화가 걸려온다. 진압 활동에 도움이 되는 전화이면 감사하겠으나 대부분 현장 상황을 캐묻는 데에 그친다. 아까운 시간 투자해 응대해드리지만, 질문에 대한 답변을 들으면 바로 전화를 끊어버린다.

　진화에 큰 발전이 없자, 비상소집에 대한 얘기도 나왔다. 불시출동에 이미 적응된 소방관일지라도, 비상소집은 다른 차원으로 느껴진다. 관외 출장을 미리 내지 않은 이상, 소속 직원들은 근무일이 아니더라도 현장 활동을 지원해야 한다. 소집 문자 한 통이면 집에서 자고 있든, 식당에서 밥을 먹고 있든 센터에 집합해야 하는 것이다. 재고를 거듭하신 끝에 명령을 내리셨고, 미안한 마음 뒤로 하고 예외 없이 모든 직원에게 문자를 전송하였다.

인접한 다른 소방서에서 온 지원 차량들 덕에 불길은 어느 정도 잡혀갔다. 특수구조대 차량까지 온 걸 보니 공장 화재에 대해 얼마나 각별한 주의를 기울이고 있는지 알 수 있었다. 문자를 보낸 지 얼마 지나지 않아, 센터 곳곳에서 인증샷이 도착했다. 전 직원이 모인 것은 아니지만 도움의 손길이 하나둘 늘어감에 든든해졌다. 현장을 걱정하는 직원들을 위해 꾸준히 상황을 전달했다. 초기 진화에 성공하였으니, 추가 출동이 확정되기 전까지 센터에서 대기해달라는 답변도 건넸다.

타 소방서 차량에 대한 귀소 명령이 내려졌고, 비상소집이 해제되고 나서야 상황실도 숨을 돌릴 수 있었다. 완전 진화가 되었어도 일이 끝난 것은 아니었다. 커피 한잔을 타고 바로 자리로 돌아가야 했다. 화재 원인, 피해 규모를 추정하여 보고서를 작성해 본부에 전송하였다. 본부에서는 1차, 2차 보고서와 내용이 너무 달라졌다며 핀잔을 주었다. 하지만 크게 기분 나쁘지 않았다. 이곳 상황실만큼이나 본부 상황실도 정신없었을 거라 생각하니, 묘한 동질감이 들었다. 본부 상황실을 직접 경험해보진 못했지만, 이곳과 마찬가지로 소방청 상황실에 보고하느라 진땀 뺐을 것이다.

상황실 지원을 마치고 1층으로 내려가니 여성 한 분이 앉아 계셨다. 한 달에 두어 번 정도 소방서를 찾아오시던 MBC 기자분이셨다. 수습기자 생활을 마쳤음에도 꾸준히 들러 주셔서 기억에 남았다. 인사를 건네니, 바쁜데 전화해서 죄송했다는 말을 하셨다. 수없이 끊었던 전화 중에 기자님의 전화도 있었나 보다. 괜찮다는 말을 건네고 먼 길 오느라 고생했다고 커피라도 한잔 타드렸다. 밝은 모습 유지하고 계시지만, 분명 사내에서 이리

치이고 저리 치이느라 진땀 뺐을 것이다. 왠지 모를 동질감에 최대한 성실히 질문에 답해주었다. 기록을 마친 기자님은 감사의 말도 잊지 않고 소방서를 나섰다.

공단 화재 - 커피

· 특수구조는 수난 구조대, 산악구조대, 화학구조대 등이 있으며 전국에 총 6개의 119 화학구조센터가 설치되어 있습니다.
· 소방조직은 미래 불확실한 재난에 대비하는 조직의 특성을 지니고 있기 때문에, 가외성의 논리에 따라 인원과 장비가 항상 충분하게 갖춰져 있어야 합니다.
· 지휘 참모는 내근자, 비번자에게 집결 장소를 공지하고, 지휘소에 비상소집 응소부를 비치할 수 있습니다.

34

기타 화재
봉사

　늦은 저녁, 중형 펌프차를 타고 인근 바닷가로 향했다. 일 년에 한 번 있는 지역 축제가 열리는 날이다. 밤바다가 아름답기로 유명한 지역인 만큼, 해양공원엔 발 디딜 틈이 없었다. 축제가 한창인 곳에서 약간 떨어진 곳에 펌프차를 세우고 차에서 내렸다. 길거리 음식 냄새 사이로 바다 내음이 밀려온다. 벤치에 편히 앉아 축제를 즐기고 싶었지만, 마냥 놀러 온 것이 아니었다. 현장 안전관리와 불꽃놀이로 인한 화재 예방이 지원 출동의 목적이었다. 시에서 급하게 인력을 보충했는지, 자원봉사 조끼를 입은 청년들이 많이 보였다. 한 때 봉사활동에 맛 들였던 나로서는 반가운 마음이 먼저 들었다.

　대학에 입학하고 얼마 지나지 않은 내게 슬럼프가 찾아왔었다. 몸도 마음도 지쳐 휴학을 신청하였지만, 정작 할 일이 없으니 삶이 더 피폐해졌다. 악순환을 끊으려 시도한 것은 봉사활동이었다. 사범대에 재학하며 교육봉사는 수없이 해왔기에 다른 봉사활동을 해보고 싶었다. 시설 내부 청소부터 요양원 보조, 거리 홍보, 헌혈까지. 다른 사람을 도움으로써 보람을 느껴서라기보다는, 단지 나의 만족을 위한 행동이었다. 한 달간 무려 100시간 봉사라는 기록을 세워 한때 우수봉사자로 선정되기도 했다. 남을 위해 하는 것이 봉사활동이라지만, 사실 내게 더 득이 된 시간이었다. 이리저리 다니며 몸도 건강해졌고, 마음 따뜻한 새 사람들을 만나 한번이라도 더 웃을 수 있었다. 봉사를 한다고 해서 곧바로 눈앞에 떨어지는 득은 없었지만, 그 경험들은 오래오래 기억에 남았다.

축제 현장의 쓰레기를 줍는 자원봉사요원들에게 감사 인사를 건네려는데 무전기가 급한 목소리를 냈다. 출동 요청이었다. 단말기로 지령서를 전해 받았다. 아파트 205호에서 탄 냄새가 나는데 문이 잠겨 있다고 한다. 안에 시각장애인 한 분이 사는데 대답이 없다는 내용도 있었다. 지휘차는 개인안전장구 착용과 인명구조에 최선을 다하라는 무전을 남겼다. 매 화재 출동마다 듣는 무전이지만 요구조자가 장애인이라는 점에 더 곤두섰다.

인파가 적은 쪽에 차를 대어서인지, 펌프차는 재빨리 현장에 도착할 수 있었다. 205호 문 앞에 주민들이 옹기종기 모여 있었다. 문을 두드려도 대답은커녕 인기척조차 들려오지 않았다. 복도 쪽에 난 창문 사이로 탐조등을 비추었지만, 방문이 모두 닫혀 거실은 보이지도 않았다. 연기가 옅은 게 그나마 다행이었지만, 10분 거리의 구조대가 도착하기만을 기다릴 순 없었다. 한쪽에서 현관문 개방을 시도하는 동안, 나머지 인력은 뒷 베란다 쪽을 공략하고 있었다. 사다리를 전개해 올라가서, 잠겨 있던 베란다 문을 흔드니 곧바로 진입로가 확보되었다.

화염은 없었다. 바닥에는 60대 정도로 보이는 남성이 누워있었다. 남성을 향해 소리치니 금방 일어나셨다. 쓰러진 게 아니라 주무시고 계셨던 것 같다. 요구조자를 부축하여 현관문으로 향하는 동안, 가스 밸브를 잠갔다. 냄비 안에는 무엇이 끓고 있었는지 모를 정도로 음식물이 새까맣게 탄화되어 있었다. 환기를 위해 집 안의 모든 창문을 열고 현관문 밖으로 나갔다.

어르신을 의자 형태의 들것에 앉혔다. 상태는 매우 양호해 보였지만 혹시 모르니 병원에 가보자고 권했다. 하지만 어르신은 병원에 갈 것까진 없다고 극구 부인하셨다. 탄 냄새가 아직 빠지지도 않았는데 집으로 들어가고 싶어하셨다. 아마도 복도에서 수군거리는 주민들의 목소리를 들으신 것 같다. 윗집 주민으로 보이는 남성은 이제 두 돌 된 아기가 있는데 탄 냄새가 올라오니 205호 문 좀 닫아 놓으면 안 되냐고 화를 내었다. 경비아저씨가 다가와서 소방차 경고등 좀 꺼 달라는 민원이 들어온다고 전해주었다. 축제에 가보아야 하니 소방차 좀 빨리 빼 달라며 고함을 지르는 부부도 있었다. 비록 보이진 않더라도, 사람들의 차가운 목소리는 어르신의 귀에도 다 들어온 것이다. 고요했던 마음속에, 폭죽 터지듯 그들의 목소리가 울려 퍼졌다.

성난 현장으로부터 떨어뜨려 놓는 것이 우선이라 생각되어 어르신을 구급차로 안내했다. 시각장애인 안내 봉사를 하며 배웠듯이 정중히 인사를 건네고 내 팔을 내어드렸다. 집에 들어가겠다던 말씀만 하시던 어르신은 조용히 내 팔꿈치에 손을 올리셨다. 복잡한 복도와 계단을 돌고 돌아 구급차에 앉혀드렸다. 요양보호사는 저녁 7시에 이미 퇴근했다고 한다. 가스에 올려 둔 냄비를 깜빡하신 것 같다. 눈에 불을 켜던 주민들은 어르신을 내려다보며 하나둘 각자 집으로 돌아갔다. 현장에서도 집에 들어와도 좋다는 사인을 보내주었고, 어르신을 집까지 안내해 드렸다. 아직 탄내가 약간 남아 있었지만 어르신의 고집을 꺾을 수 없었다. 혹시 나중에 병원에 가고 싶어지면 연락해달라는 말을 건네고 소방서로 돌아왔다.

봉사활동 당시 가장 많이 주고받았던 질문은 '봉사활동 왜 하러 왔냐'였다. 대학 졸업을 위한 학점 이수, 취업을 위한 스펙 준비, 자기만족 등 이유는 다양했다. 마음에서 우러나와야 진정 봉사가 아니겠냐는 얘기도 있지만, 나는 이기적인 목적의 봉사도 의미 있다고 생각한다. 적어도 입으로만 남을 돕자고 말하는 사람들보다는 낫다고 생각한다. 구급대가 병원 이송을 하지 못했음에도 성난 주민들보다 낫다고 생각하는 것도 같은 맥락에 있었다. 비수를 꽂는 말만 늘어놓은 그들보다는 보람찬 일을 했다고 생각하며 마음을 달랬다.

사다리를 정리하며 직원들과 얘기를 나눴다. 주민들이 너무 매정한 것 같다는 의견이 주를 이루었다. 침착하게 현장을 되짚어보았다. 인성의 차이라기보다는 관점의 차이라고 생각하며 속을 가라앉혔다. 도움이 필요한 사람이 누구인가에 대한 관점이 각자 달랐을 뿐이다. 윗집 주민은 본인의 자식을 지키기 위한 행동을 했을 뿐이고, 경비아저씨는 주민들 다수를 지키기 위한 행동을 한 것이라 생각했다. 그러다 문득 마음 아픈 사실이 하나 생각났다. 윗집의 아이, 아파트의 주민들과 달리, 아저씨를 지켜주는 사람이 과연 있는지 선뜻 답하기 어려웠다.

기타 화재-봉사 ───

· 각 지역의 소방서는 축제 현장이나 투표소 같은 대규모의 행사장에 구급차량 및 펌프 차량 등 소
  방력을 근접 배치해 응급상황 발생 시 신속한 대처에 힘쓰고 있습니다.

· 음성통화가 어려운 경우, 문자나 앱, 영상통화를 통해 신고할 수 있는 다매체 119 신고서비스를
  지원하고 있습니다.

· 연소 시 물체 내 탄소가 충분히 산소와 결합하지 못하면 불완전 연소하며 검은 그을음을 남기는
  데, 이것이 공기와 수증기를 타고 오르면 연기가 검게 보입니다.

35

동물 포획
유기

소방서에 안타까운 소식이 하나 날아들었다. 동물 포획 작업을 하던 소방관 1명과 실습생 2명이 교통사고로 목숨을 잃었다. 소방서엔 애도하는 마음을 담은 조기가 걸렸고, 모두 검은색의 근조 리본을 달고 근무에 임했다. 매일 아침 교대 시간마다 외쳐 왔을 '안전'이라는 구호가 무색해진 순간이었다. 국민의 안전을 지키는 것이 임무이긴 하지만, 그로 인해 다른 이의 안전이 위협받는 아이러니한 상황이었다. 사무실에 걸린 '출근한 모습 그대로 안전하게 퇴근하자'라는 표어가 유난히 멀게 느껴지는 아침이었다.

비단 남의 이야기가 아니었다. 언제든 일어날 수 있었던 사고였다. 교통사고 현장은 2차 사고의 위험이 매우 크다. 현장에 경찰이 도착해 교통정리를 해주고 나서야 구급활동에 집중할 수 있다. 경찰이 도착하지 않은 경우엔 구급대 자체적으로 교통통제를 한다. 경추보호대에, KED에 이것저것 챙겨 가다 보면 단 한 명만이 교통정리를 할 수 있는데, 이 작은 형광봉 하나에 구급대와 환자의 목숨이 달리게 된다. 모든 출동 차량에 불꽃신호기와 삼각대가 있긴 하지만 실제 사용하는 경우는 드물다. 빨리 병원 데려가지 않느냐고 화를 내는 목격자들의 눈엔 이 최소한의 안전조치도 눈 꼴 실 것이다.

개중에는 이번 아산 사고의 책임을 동물 포획 신고에 돌리는 사람도 있다. 동물 포획을 왜 119에서 해야 하느냐가 그 이유이다. 비응급 출동 건에 대한 거부권은 점차 인식이 개선되고 있는 게 사실이다. 2018년 4월 1일부터는 단순 문 개방 등의 신고는 구조대가 출동하지 않게 되었다. 하지만 사고를 유발하는 유해동물의 포획이나 벌집 제거, 사체 처리는 여전히 119의 관할 아래에 있다. 벌집 제거는 엄연히 따지면 대민지원에 포함되므로 출동해야 한다는 법적인 근거는 없지만, 출동을 쉽게 져버릴 순 없다. 국민의 안전을 책임지는 것이 이들의 궁극적인 목표이기 때문이다.

무작정 동물 포획의 임무를 시민들이나 다른 기관에 유기할 수도 없는 노릇이다. 벌집을 없애려 화기를 사용하다가 조작 미숙으로 주택을 태워버릴 수도 있고, 거리를 돌아다니는 개를 건드렸다가 되려 물리는 위험한 상황이 벌어질 수도 있다. 혹여 안전하게 포획에 성공했다 하더라도 멧돼지나 고라니, 수달 등의 동물을 유관기관의 도움 없이 일반인이 처리하기는 힘들다. 이러지도 못하고 저러지도 못하는 난감한 상황 속에서, 묵묵히 구조대가 출동에 임하는 게 현실이다.

한적한 시골의 소방서로 근무지를 옮겼더니 거리에 강아지들이 정말 많이 보인다. 차가 잘 다니지 않는 편이라 낮이 되면 개와 고양이들이 차도에 누워 볕을 쬔다. 한두 마리면 보호센터에 인계했을 텐데, 날이 갈수록 늘어나는 숫자에 연락할 엄두가 나지 않는다. 사람이 자주 다니지 않는 터라, 녀석들 밥을 챙겨줄 수 있는 건 우리뿐이다. 참 딱했다. 오갈 곳 없이 난감한 이 녀석들의 처지가 왠지 모르게 공감되었다. 더도 말고 덜도 말고 안전하기만을 바라며 소방서로 돌아왔다.

동물 포획-유기

· 긴급상황이 아닌 이상, 주택이나 차량의 단순 문 개방은 119가 아닌 민간사업자를 요청해야 합니다.

· 단순 야생동물 포획 신고는 구청 및 동물 관련 기관 등에 이첩 통보됩니다.

· 마취 도구 사용 시 주인의 동의를 구해야 하나, 추가 피해 유발 가능성이 있다면 선 조치 후 인계할 수 있습니다.

36
학교폭력
의지

    우려와 걱정을 한 아름 안겨줬던 평창 올림픽이 성황리에 마무리되었다. 대한민국을 뒤흔들었던 개막식부터 컬링까지 많은 이슈를 만들어냈다. 폐막식과 동시에 올림픽 파견 근무 나갔던 반장님이 돌아오셨다. 많은 인원이 몰리는 국제 행사인 만큼 인력지원이 필요해, 전국의 소방관들이 차출되었다. 한때 자원봉사자에 대한 대우가 논란이 되었던 만큼, 반장님의 무사 귀환이 반갑기만 했다.

    복귀 첫날 온종일 올림픽에 대한 후기를 들었다. 국내에서 개최되는 올림픽을 놓친 나로서는 대리만족을 할 수 있는 좋은 시간이었다. 반장님은 크로스컨트리 경기가 가장 기억에 남는다고 하셨다. 크로스컨트리는 스키계의 마라톤으로 메달 수가 많고, 가장 긴 올림픽 역사를 가지고 있는 종목이다. 하지만 긴 경기 시간과 낮은 접근성으로 인해 국내에서는 인지도가 높지 않았다. 나 역시 반장님의 이야기를 통해서 한국 선수가 출전했었다는 사실을 알게 되었다. 준결승까지 오른 한국 선수는 경기 중 크게 넘어져 팔꿈치에 무리가 갔지만, 포기하지 않고 완주했다. 반장님은 선수들의 이런 의지 덕에 배운 점이 많다고 하셨다. 눈물과 땀은 꼭 나의 것이 아니더라도 깨우치게 하는 힘이 있는 것 같다.

자극을 받은 나는 휴일을 이용해 수영장을 찾았다. 폭염주의보가 내려질 정도로 날이 더웠지만, 이왕 운동하는 김에 제대로 해보자는 오기가 생겨, 셔틀버스를 타지 않고 걸어서 가보았다. 체력은 문제가 되지 않았다. 간과한 게 있다면, 내가 친구들 사이에서 유명한 길치였다는 것이다. 길도 물을 겸 더위도 식힐 겸 해서 운동경기장 내의 사무실로 들어섰다.

주말이라 그런지 사무실은 잠겨 있었다. 혹시나 하는 마음에 운동경기장 내부로 향했다. 밝은 태양 빛에 눈이 부셔 잠시 멈춰 섰다. 아주 잠깐 서 있는데도 햇볕은 뜨겁게 내리쬤다. 뜨거운 우레탄 냄새가 올라왔다. 시야가 차츰 회복되자 넓은 트랙이 눈에 들어왔다. 텅 빈 트랙 위에 한 학생이 고개를 숙이고 앉아있었다. 서 있기도 힘든 바닥에 어떻게 앉아있을 수 있나 신기했다.

길을 물으려 학생 곁으로 다가갔다. 인기척을 느꼈을 법도 한데 고개 한 번 돌려주지 않았다. 매미가 너무 시끄럽게 울어 대서 눈치 못 챈 건가 싶었다. 가까이서 보니 무릎을 감싼 손이 붉게 올라와 있었다. 생각보다 오래 앉아있었던 것 같았다. 좀 무서웠지만 용기를 내 말을 붙였다.

"훈련 중에 죄송한데요, 혹시 수영장 가는 길 아세요?"

학생은 말없이 고개를 저었다. 자세를 고쳐 잡는데 퉁퉁 부은 발목이 눈에 띄었다. 오래 방치한 것 같이 멍이 들어있었다. 단순한 염좌^(sprain)가 아니라 타박상인 것 같기도 했다. 발목도 발목이지만 바닥에서 올라오는 열기와 하늘에서 때려 붓는 광선에 학생이 걱정되었다.

"잘 아는 건 아닌데요, 이렇게 앉아있으면 위험해요. 저기 그늘에서 쉬는 게..."

학생이 갑자기 고개를 들었다. 울기 직전의 표정이었다. 어색한 눈 맞춤이 몇 초 이어진 뒤 학생이 나를 위아래로 훑어봤다. 잘못 건드린 기분이 들어 사과를 하고 천천히 빠져나왔다. 출구를 향해 가다가 쓱 한번 뒤돌아봤는데, 학생이 절뚝거리며 트랙을 돌고 있었다. 걱정이 가시지 않아, 가던 길 멈추어 제자리에 섰다. 돌아가 봤자 손도 못 대게 할 것 같았다. 그렇다고 해서 그냥 가기엔 마음이 편치 않았다.

몇 발자국 옆으로 옮겨 그늘 밖으로 나왔다. 그러곤 바닥에 앉았다. 아래위로 밀려오는 뜨거움에 속이 갑갑했지만 그냥 앉아있었다. 열심히 달리는 학생을 적당한 거리에서 응원해주고 싶었다. 학생은 역시나 얼마 못 가 넘어졌다. 병원에 가보자고 말을 했더니 이번엔 싫은 티 내지 않고 침묵만을 유지했다.

임시 보호자 신분으로 구급차에 동승했다. 응급처치를 하고 신원정보를 적기에 바빴던 평소와 달리, 보호자 입장에서는 별로 할 일이 없었다. 학생이 대답하는 것을 옆에서 듣기만 했다. 입을 열지 않던 학생은 구급대원에겐 가감 없이 술술 털어놓았다. 대회 준비에 한창이던 지난달 학교 선배에게 폭행을 당했다고 한다. 학생의 동의를 구한 구급대는 경찰에게 지원을 요청하고 병원을 나왔다.

대회를 앞두고 부상을 당한 선수의 마음. 직접 경험해보지 않는 이상 헤아리기 힘든 부분이라 생각했다. 아픈 발목을 이끌고서라도 미련을 버리지 못하는 걸 보면, 올림픽에서 부상당한 선수 못지않게 슬펐을 것 같다. 그런 아픔을 불러온 학교폭력에, 원망하는 마음이 쉽게 가시지 않았다.

학교폭력-의지

· 피부가 장시간 태양 빛에 노출되면 물집이 생길 수 있는데, 이를 터뜨리는 것은 감염 우려가 높은 위험한 행위입니다.
· 멍의 경우 손상 직후부터 24시간까지는 냉찜질, 48시간 이후엔 온찜질로 회복을 도울 수 있습니다.
· 학교폭력예방 및 대책에 관한 법률 제2조에 의하면, 사이버 따돌림 역시 학교폭력으로 규정하고 있습니다.

37

아파트 화재
비

그날도 오늘처럼 비가 부슬부슬 내렸다. 무더웠던 지난여름. 비가 올 듯 말 듯한 날씨가 며칠간 이어졌었다. 하늘에 걸린 해를 누가 훔쳐 갔는지 날은 밝아질 생각을 않았다. 습한 공기는 야간 근무로 피곤해진 마음을 괴롭혀 댔다. 무거운 몸을 이끌고 소방서에서 나와 우산을 폈다. 집 앞 마트에 들러 장을 보고 나오는데, 자동문 옆에 놓아둔 우산이 온데간데없이 사라져 버렸다. 한숨 쉴 기운도 없었다. 말없이 모자를 둘러쓰고 집으로 향했다. 신호등은 왜 그리 긴지, 옷은 비에 젖으며 점점 더 무거워졌다. 봉투가 비에 젖을까 품에 끌어안는데, 우산을 쓴 아주머니 한 분이 내 옆에 섰다. 내 우산이었다. 입을 열려던 찰나에 아주머니는 길을 건넜다. 나는 가만히 서서 신호등을 한 번 더 기다렸다.

집에 도착하자마자 짐을 풀었다. 샤워를 하고 나왔는데 전화가 걸려왔다. 소방서에서 온 전화였다. 왜 휴대폰 들고 갔냐는 말을 듣고 나서야, 구급차 휴대폰을 가져와 버렸다는 것을 알아챘다. 주변 카페에 앉아있으니 금방 가겠다는 말을 전하고 옷을 입었다. 휴대폰을 챙기고 신발을 신는 데

우산이 없음을 알아챘다. 되는 일이 하나도 없는 하루였다. 아까 벗어 둔 젖은 옷을 다시 입고 집을 나섰다.

소방서에 도착하니 차고가 텅 비어 있었다. 모두 출동 나간 것 같았다. 비 오는 날에 화재 출동이라니. 젖은 손을 닦고 지령서를 확인했다. 아파트 화재니 한참을 더 기다려야 할 것 같았다. 주공 아파트는 그리 멀지 않은 곳에 있었다. 소방서에서 기다릴 수도 있었지만, 빨리 쉬고 싶은 생각이 더 컸다. 주소를 휴대폰에 옮겨 적고, 출동 장소로 향했다.

불은 완전 진화된 상태였다. 베란다 쪽에서 흰 연기가 조금씩 나오고 있었지만 빗줄기에 금방 지워지고 있었다. 정차된 중형 펌프차에서 모자를 꺼내 쓰고, 불이 난 4층으로 발을 돌렸다. 계단은 위에서 흘러내려 온 새까만 물로 흥건했다. 3층에 다다르자 구급대원이 보였다. 언성 높여 싸우고 있는 남녀도 보였다. 휴대폰을 전달하며 자초지종을 들었다. 아내와 싸운 남편이 홧김에 불을 질렀다고 한다. 장마철 무렵 줄어든 일용직 자리에 한껏 예민한 상태였다고 한다.

연기로 인해 얼굴이 검게 변했을 만큼 두 분 모두 병원 이송이 필요한 상황이었다. 하지만 격앙된 남녀에게 구급대의 말은 들리지도 않는 듯했다. 수 차례 병원 이송을 권하자 아내는 병원으로 향했지만, 남편은 자신의 집을 떠날 수 없다며 자리를 뜨지 않았다. 환자 본인이 거부할 시에는 구급대가 강제로 병원 이송할 수 없다. 이송은 못하더라도, 화재 현장으로부터 안전한 1층까지 내려보낼 필요가 있었다.

밑에서 기다릴 테니 천천히 내려오라는 말을 건네고 먼저 내려가자, 몇 분 지나지 않아 남편분은 제 발로 걸어 나오셨다. 대기하고 있던 경찰은 신원조회를 위해 곧바로 남편에게 다가갔다. 그러나 남자는 토해내듯 크게 소리쳤다.

"꺼져 제발. 너네들 실적 올리려고 이러는 거 아니야? 인명 구조하고 병원 이송했다 자랑하고 싶어서 나 데려가려는 거 다 알아"

남자는 말 없는 우리를 향해 계속해서 쏘아붙였다. 진정시키기 위해 경찰들은 한발 물러섰다. 남자의 얼굴은 재와 빗물로 얼룩져 있었다. 어느 정도 잠잠해지자 경찰과 함께 남자에게 가까이 다가갔다. 고개 숙이고 앉아있는 그를 설득하려, 무릎을 굽히고 앉아 눈높이를 맞추었다.

"아버님, 비도 오는 데 안에 들어.."

얘기가 채 끝나기도 전에 그는 내 뺨을 후려쳤다. 경찰은 곧바로 남자를 제압해 수갑을 채웠다. 얼얼한 뺨 위로 빗물이 흘러내렸다. 구급대원들이 내게 달려와 괜찮냐고 물었다. 괜찮았다. 오히려 속이 시원했다. 온종일 멍했던 정신이 이제야 돌아오는 것 같았다. 빗물에 잘 떠지지 않는 눈을 비비며, 내가 뭘 잘못했는지 천천히 되짚었다. 정신 놓고 구급차 휴대폰을 실수로 가져간 점, 우산 없이 비를 맞아 건강관리를 잘 못한 점, 근무도 아닌데 현장까지 찾아온 점, 환자를 걱정해 병원 이송을 권한 점.

모자를 제자리에 두고 집으로 향했다. 아까 멈추어 섰던 신호등에 또 걸렸다. 한 번쯤은 바로 보내줄 법도 한데, 하늘도 참 야속하다. 집에 들어와 젖은 옷을 세탁기에 넣고 침실로 향했다. 침대에 누우니 합격증을 담은 액자가 보였다. 자랑스러움을 가득 안고 걸어 놓은 액자였다. 마무리하지 못했던 고민이 해결되는 느낌이었다. 내가 가장 잘못한 건 소방서에서 근무하겠다 다짐한 것이었다.

아파트 화재-비 ————————————————————————

·화재 시엔 엘리베이터 사용을 엄금하며, 계단이나 완강기를 통해 대피하여야 합니다.
·고층 화재 시 고립되어 다른 층으로 갈 수 없다면, 방화문을 폐쇄하고 젖은 수건으로 틈을 막아 연기를 차단해야 합니다.
·응급의료에 관한 법률 제9조는 의사결정 능력이 없거나 생명이 위험한 경우를 제외하고는, 환자의 동의를 받아야 한다고 명시하고 있습니다.

38

자연재해
기도

소방서 내 식당에 앉아 밥을 먹는데 여기저기서 우려의 목소리가 쏟아져 나온다. 수저를 잠시 내려 두고 모두의 시선이 향하는 곳으로 고개를 돌렸다. TV에서 일기예보가 나오고 있었다. 강풍주의보와 호우주의보가 내려졌다는 소식을 전해주고 있었다. 태풍이 온다는 얘기는 얼마 전부터 들었는데 벌써 시간이 이렇게 흘렀나 하는 생각이 들었다. 뉴스에서의 특보와는 달리 밖은 생각보다 고요했다. 그냥 '비 오네'하는 정도. 봄비라는 표현이 더 어울릴 것 같은 얇은 빗방울이었다.

식사를 마치고 사무실에 돌아오니 비상 소집된 직원들이 옹기종기 모여 TV를 보고 있었다. 어느 채널이든 일제히 태풍에 신경이 곤두서 있었다. 호들갑이라는 생각이 들 정도로 밖은 고요했다. 일기예보가 끝나자 모두 자리에 앉았다. 태풍 대비 교육 시간이었다. 구조구급 출동이 급격히 늘어나는 시즌이기에 평소보다 더 집중했다. 모든 교육이 그랬듯 사고사례를 설명하는 것으로 교육관님은 운을 떼셨다. '옆 동네 소방서 누구누구가 강풍에 떨어진 간판에 중상을 입었네', '강물이 범람하여 다리 위에 고립된 요구조자를 구출하다가 다리에 쥐가 나서 욕봤다'. 교육 시간이 맞나 싶을 정도로 무서운 사례들에, 사기가 꺾이는 기분이었다.

그러고는 자리에서 일어나 수난 구조 시범을 보이셨다. 조류에 휩쓸렸을 때에는 무리하게 뭍으로 헤엄치지 말고, 대각선으로 가로질러 수영하라는 말을 해주셨다. 물리학에도 부합하는 내용인지라 반가웠다. 뒤이어 물속에서 쥐가 나면 숨을 천천히 쉬고 마사지를 해주어야 한다며, 한 손으로 다리를 주무르는 모션을 취하셨다. 교육이 끝날 듯하다가도 이번엔 해파리 뜨기 자세를 알려주겠다며 테이블 위에 몸을 걸치셨다. 평소엔 개괄적이던 설명이 이렇게 자세해진 걸 보니 자연재해에 대비하는 의지가 얼마나 굳은지 알 수 있었다.

평소엔 그저 고맙기만 하던 물방울도 태풍이라는 이름으로 찾아오면 재앙의 씨처럼 느껴진다. 출동을 나가보면 주택이 물에 잠겨 살림살이가 둥둥 떠다니고, 흙탕물에 범벅이 된 전열 기구는 전원조차 켜지지 않는다. 펌프로 물을 퍼내고 나면 난장판이 된 집을 어떻게 치우나 걱정이 든다. 농작물은 바람에 쓰러져 일어날 생각을 않고, 떨어진 간판에 깨진 유리창들은 남은 희망조차 저버리게 만든다. 깨진 틈 사이로 숙숙 들어오는 바람을 맞고 있으면, 우월함을 자랑하던 인류도 대자연 앞에선 한없이 작아질 수밖에 없음을 느낀다.

우리를 따뜻하게 감싸주는 빛도 무서운 이면을 가지고 있다. 8월 한여름엔 밭에서 일하다 쓰러졌다는 신고가 자주 들어온다. 더위를 피해 이른 아침이나 늦은 저녁에 농사일을 하는 게 보통이지만 사람 욕심이라는 게 끝이 없다. '태풍 오기 전에 조금만 더 하다가 들어가자'라는 마음이 모이고 모여, 결국 장시간 노출이라는 결과를 초래한다. 벌게진 피부와 희미한 의식에 으레 겁을 먹고 환자에게 물을 먹이는 사람들이 있는데, 신중할 필요가 있다.

우리의 몸은 36~37도의 체온을 유지해야만 한다. 운동으로 인해 에너지가 발생하거나 태양 빛에 노출되면 체온이 올라가려 하고, 과한 상승을 막기 위해 땀이 나는 것이다. 땀이 과하게 많이 나면 수분, 전해질 등의 균형이 깨지는 일사병(heat exhaustion)에 걸리게 된다. 하지만 땀으로 식히는 속도가 온도 상승 속도를 따라가지 못하면 체온이 정상 범위를 넘어서게 된다. 열사병(heat stroke)이라 불리며, 체온이 40도까지 올라가는 위험한 증상이다. 열사병 환자에게 적절한 응급처치가 이루어지지 않는다면, 몸의 단백질이 변형되며 중추신경계(CNS)에 영향을 줄 수도 있다. 일사병과 달리 금식(NPO)이 요구되며 입가에 물을 약간 적셔주는 정도만 허용이 된다.

길고 길었던 태풍 대비 교육이 마무리되었다. 장비 점검도 하고, 바람도 쐴 겸 사무실을 나왔다. 곧 긴급통제구조단 체제에 돌입할 생각에 조마조마했다. 이렇게 작은 물방울에 사람이 죽어 나가다니 마음이 아팠다. 부디 인명피해 없이 태풍이 잘 지나가길 바랐다. 대자연에게 할 수 있는 건 그저 두 손 모으고 기도하는 것밖에 없었다.

자연재해 – 기도 ─────────────────────────────────

·태풍 경보 시 창문을 단단히 잠가 흔들리지 않게 하고, 젖은 신문지나 테이프를 붙여 유리창 파
 손 피해를 최소화합니다.

·온열 질환 환자의 경우 의복을 제거하고 물을 뿌려주어야 하지만, 한기로 인해 몸을 떨면 냉온
 처치를 일시적으로 중단해줍니다.

·긴급구조 통제단은 단계에 따라 투입력이 달라지며, 1단계는 호우, 태풍, 대설 경보, 2단계는 홍
 수, 지진, 3단계는 갑호비상⁴, 대규모 풍수해 시 발효됩니다.

4 대규모 집단사태의 상황에 대비해 비상 근무를 명령한다는 경찰 용어. 재해나 재난이 일어나 피해가 확산
 될 때 내려진다.

39

개방성 골절
회복

조용하던 소방서에 뜻밖의 손님이 찾아왔다. 그는 멋쩍은 듯이 웃으며 천천히 소방서 문을 밀었다. 사건이 있은 지 얼마 되지 않았지만, 그새 자글자글 눈가의 주름이 깊어진 것 같다. 갈 곳을 잃은 듯한 손으로 머리를 긁적이는데, 깔끔한 손끝에 눈이 갔다. 완전히 회복하신 듯하다. 다른 한 손에 들고 있던 피로 해소 음료를 우리에게 건네며 말했다. "작지만 받아 두세요. 다시 시험 봤는데 최종 합격하고 감사해서 드리는 겁니다."

작년 여름, 시험장에서 한 남성이 쓰러졌다는 신고가 들어왔다. 폭약이나 군수용품을 다루는 자격증 실기 시험장이라 겁이 났다. 하지만 쓰러짐 환자는 구급 출동 중 가장 흔한 종류였고, 여느 출동과 다름없을 것이라 생각했었다. 시험장 정문에 다다랐는데, 무전기 너머로 추가 출동대가 편성되었다는 소리를 들었다. 단순한 쓰러짐은 아니라 생각했다. 이중 주차로 혼잡한 도로를 지나 신고지점에 도착했다. 사람들이 굉장히 많았다. 그도 그럴 것이 응시 중에 발생한 환자이니, 주변의 모든 이들이 몰려들었을 것이다. 환자는 한 명이 아닌 세 명. 무전을 주의 깊게 들어 놓길 잘했다.

환자가 여럿일 때엔 각 환자의 중증도를 평가한다. 모든 환자들에게 최소한의 응급처치는 하되, 가장 심각한 환자를 중점적으로 다루는 것이다. 귀를 부여잡은 두 남자 사이에, 멍하니 앉아있는 저 중년 남성이 가장 급함을 바로 알 수 있었다. 옆에 있던 사람들에게 상황을 묻자, 신고자가 나타나 설명해주었다. 수류탄의 신관을 다루던 중 갑자기 폭발하여 시험 당사자와 곁에 있던 심사위원 두 명이 부상을 당했다고 한다. 시험 당사자가 바로 이 남자인 것은 남자의 손을 보아 알 수 있었다. 오른손 엄지가 너덜너덜했다. 손에 낀 장갑은 형체를 알아볼 수 없을 정도로 녹아 있었다. 생리식염수(NS)를 부으며 장갑을 잘라내었다. 아파서 소리를 낼 법도 한데, 환자는 아픈 내색 한번 없었다. 화상연고를 꺼내며 따끔할 거라고 미리 알려주는데, 신경 쓰지 않는다는 듯 웃으셨다. 다른 부위에 박힌 파편은 없음을 확인하고 붕대를 감아 바로 병원으로 이송했다.

구급차에 누운 그는 이송되는 내내 한숨을 쉬었다. 어디 불편하냐고 묻자 괜찮다고만 답했다. 혹시 몰라 외상을 다시 한번 확인하고, 활력 징후도 재측정했지만 그의 말대로 모두 정상을 가리켰다. 활동일지를 기록하기 위해 환자에게 인적사항을 물었다. 이름, 과거 병력, 생년월일. 딱 내 아버지 나이 또래였다. 사건 발생 당시 상황을 자세히 묻는데, 대뜸 질문이 하나 들어왔다.

"아버지 뭐하시니?"

당황스러웠지만, 늘 하던 대로 답했다. 파이프 용접하신다고. 말문이 터진 아버님은 연이어 질문하셨다. 몇 년째 일하시는지, 퇴근은 몇 시에 하시는지, 실례가 되지 않는다면 연봉은 얼마인지 알려줄 수 있느냐도 물었다. 개의치 않는 성격인지라 편하게 대답했다. 중증 환자인지도 잊은 채 속 깊은 대화를 나누다 보니, 어느새 병원에 도착했다.

응급실엔 모녀가 미리 와있었다. 시험장 측에서 미리 연락한 것 같다. 아버님은 다시 과묵해졌다. 붕대를 풀어 바스켓에 담을 때에도 묵묵히 손가락만 바라보았다. 딸이 속상한 듯이 아버지의 어깨를 세게 때렸다.

"그러니까 그냥 집에 있으라 그랬잖아. 위험하게 왜 그래 진짜."

환자 보호를 위해 멀리 떨어뜨려 놓았다. 안타까웠다. 구급차 내에서 나눈 대화들이 생각났기 때문이다. 가족을 진심으로 아끼는 분이셨다. 아버님은 정리해고 후에 조금이라도 가정에 도움이 되려 자격증 시험에 도전했다. 필기시험에 무려 5번이나 떨어졌지만, 포기하지 않고 노력한 끝에 실기시험 자격을 얻었다. 학원비조차 아까워 합격자들을 찾아다니며 어깨너머로 연습했다고 하셨다. 까막눈에 스마트폰조차 다루기 힘들어하시는 아버님이 밤낮으로 인터넷 카페를 뒤졌을 생각 하니 마음이 아팠다. 그런 속사정에도 말없이 딸의 눈물을 받아주고 있었다.

하얗게 바랜 머리를 제외하곤, 반가운 얼굴 그대로셨다. 법이 법인지라, 죄송스럽게도 음료는 받을 수가 없다고 말씀드렸다. 어색한 미소를 지으며 감사 인사를 건네고 돌아가시는 아버님을 불러 세웠다. 합격한 기쁨을 가장 소중한 사람들과 나눠보라고 제안했다. 집 가는 길에 꽃 한 아름 사서, 사랑스러운 딸과 부인에게 찾아가 보라고 말했다. 아버님이 가지고 있는 사랑을 오늘부터 마음껏 표현하면, 모녀에게 그보다 더 좋은 피로회복제가 있겠느냐고 말했다.

개방성골절-회복

· 생리식염수를 적신 후 꼭 짠 거즈를, 절단 조직에 감싸 병원에 지참하여야 합니다.

· 감싸진 절단 조직을 밀폐 용기에 넣고, 용기 바깥에 얼음물을 두어 차갑게 해주면 조직 손상을 줄일 수 있습니다.

· 소화기와 단독경보형 감지기 같은 주택용 소방시설 설치는 의무이며, 인터넷이나 대형마트에서 쉽게 구매할 수 있어 선물로 이용되기도 합니다.

40
마무리
감사

출판사에서 연락이 왔다. 대한민국 소방관으로 산다는 것을 알릴 수 있는 좋은 기회라 생각하여 흔쾌히 동의했다. 감사하다는 생각이 가장 먼저 들었다. 자존감이 낮아질 대로 낮아진 소방 조직에, 힘내자고 토닥여 주는 것 같았다. 소방관이 대단한 영웅인 것처럼 글로 묘사했지만, 사실 그렇게 대단하진 않다. 소방복을 벗으면 그저 누군가의 친구이자, 자식, 부모로서 평범한 삶을 살아가는 사람들일 뿐이다. 오히려 소방이라는 조직을 신뢰해주는 다른 기관, 시민들에게 감사할 따름이다.

현장 활동에 있어 유관 기관들과의 탄력적인 교류와 지원은 큰 힘이 된다. 주취자, 폭력 사건, 교통사고 등 공동대응에 힘써 주시는 경찰. 수난사고, 선박화재 시 국민의 안전을 위해 먼 거리에서도 구조정을 몰고 와 적극 협조해주시는 해경. 산불화재 시 부족한 소방력을 메울 헬기를 지원해주시는 산림청과 시청. 화학물질 배출, 공단 화재 시 전문인력을 급파해주시는 강 유역 환경청. 주택화재, 아파트 화재 시 화재 조사를 돕고 추가 피해를 방지해주는 한전. 남 일 같지 않다는 마음으로 현장 지원에 힘써 주셔서 항상 감사하다.

무엇보다도 가장 힘이 되는 것은 시민들의 적극적인 참여이다. 무관심으로 지나치지 않고 환자를 발견하고 119에 연락해준 신고자. 협소한 도로 위에서도 사이렌 소리를 듣고 길을 터주는 차주. 관계가 없을지라도 심정지 환자에게 가슴 압박을 시도한 행인. 정확한 응급처치와 치료를 위해 현장 상황을 설명해주는 목격자. 본인의 선박을 나르미선[11]으로 등록해 섬 지역의 환자 이송을 돕는 선주. 이들의 작은 배려가 모여 한 사람의 목숨을 살리는 것이다.

최근 들어 소방서에도 변화의 바람이 불고 있다. 오랫동안 바라던 소방 공무원 증원이 추진되고 있고, 국가직 전환도 논의되고 있다. 소방관의 순직 인정에 관해 냉정했던 조항도 많이 따뜻해졌고, 불법 주정차 차량에 대한 적극적인 대처도 가능하게 법률이 바뀌고 있다. 소방관에 대한 대우를 개선하자는 국민들의 청원도 점차 늘어나고 있으며, 이에 따라 노후한 장비들도 속속들이 교체되고 있다. 아직 확실시되지 않고 계류 중인 법안들이 대부분이긴 하지만, 전과 달리 머지않아 변화가 이루어질 것이라는 확신이 든다.

물론 아직도 갈 길이 먼 것은 마찬가지이다. 구급차를 택시처럼 불러 병원 이송을 떼쓰는 사람이 있는가 하면, 젊은 것들이 버릇없게 생겼다면서 폭력을 가하는 주취자도 여전히 존재한다. 그래도 소방을 응원해주고 관심 가져주는 사람들이 전보다 늘어났다는 사실 하나에 만족한다. 물 한잔,

---

11 안전센터가 없는 도서 지역에서 위급상황이 발생했을 경우 섬 지역 주민이 배를 이용하여 안전센터까지 이송해주는 제도.

감사 한마디에 보람을 느끼고 뿌듯해하는 사람들이 모인 곳이 소방서이다. 그 어떤 방안보다도 가장 필요한 것은 소방관의 인권을 존중해주는 자세가 아닐까 싶다.

마무리 - 감사

· 2018년 소방기본법 개정으로 인해, 사이렌을 울리며 출동 중인 소방차량에게 양보해주지 않거나 앞을 가로막는 등의 출동에 지장을 주면 200만 원의 과태료가 부과될 수 있습니다.
· 2018년 5월 기준 순직 소방관 추모관에 등록된 고인은 총 364명입니다. 삼가 고인의 명복을 빕니다.

저는 소방이라는 조직과는 상당히 거리가 먼 사람이었습니다. 과학고
등학교를 졸업하고 만 17세의 어린 나이에 서울대학교에 입학하였습니다.
전공 공부에 몰두하다 보니 시간 가는 줄 몰랐고, 4학년 1학기를 마치고서
야 군 복무를 시작하였습니다. 엉겁결에 시작한 의무소방원 복무는 제 인
생에 가장 큰 전환점이 되어버렸습니다.

평소 글을 쓰시던 현직 소방관 한 분이 제 글을 읽고 메일을 보내셨습
니다. 어린 나이에도 불구하고 어떻게 구급, 구조, 화재, 심지어 내근 행정
분야까지 모두 경험할 수 있었는지 궁금하다는 내용이었습니다. 맞는 말
입니다. 일반적인 소방관이라면 자신의 분야에 맞는 출동만 주로 나가기
에 다채로운 글을 써내기가 어렵습니다.

하지만 소방서에 24시간 상주하며 여러 차량을 타는 의무소방원이라면
모든 게 설명이 됩니다. 인사이동 주기가 짧기에 더 객관적인 시각에서 글
을 쓸 수 있다는 장점도 있습니다. 애초에 현직 소방관이라면 시간과 여유
가 너무나도 부족해 글을 쓸 엄두가 나질 않을 겁니다.

글을 쓰는 동안 소방이라는 조직을 되새기게 되어 영광입니다. 출간을 준비하며 소방, 건축, 안전 분야의 변호사가 되겠다는 꿈을 가지게 되었고, 지금은 서울대 법학전문대학원 진학을 목표로 두고 있습니다. 더 멋진 모습으로 소방에 다시 돌아와, 힘을 실어줄 그날을 그리고 있습니다.

지금 이 순간에도 전국의 소방관들은 국민의 부름을 기다리고 있습니다. 모두가 기피할 일이지만, 어느 누군가는 물불 가리지 않고 재난에 맞서야 합니다. 평범한 사람이 소방관이 된 것처럼 누구든 영웅이 될 수 있음을 기억해주시길 바랍니다. 헌신을 당연시하지 않고 지속적인 관심을 보내는 당신이 소방관들의 영웅입니다.

부족한 제 글을 끝까지 읽어 주셔서 감사합니다. 2년이 채 안 되는 시간이었지만, 소방서에서의 경험은 제 삶의 방향을 송두리째 바꾼 소중한 기억이 되었습니다. 소방이 제게 감동으로 다가온 것처럼, 여러분들에게도 잔잔한 여운을 남겼기를 바랍니다.

김상현 올림

· 국민안전처. 『119구급대원 현장응급처치 표준지침』. 제4개정판. 2016.

· 국민안전처. 『재난현장 표준작전절차(SOP)』. 2017.

· 소방청 정보통계담당관실. 『2017년도 소방청 통계연보』. 2017.

· 소방청 소방행정과. 『2018년 주요 소방정책 추진계획』. 2018.

· 소방청 119구조과. 『중앙긴급구조통제단 운영 매뉴얼』. 2018.

· 중앙소방학교. 『소방전술 Ⅰ (화재3)』. 2017.